Chère lectrice,

Voici venu le beau et chaud mois d'août : vous êtes peut-être sur une plage en train de bronzer et de rêver aux aventures de nos héros de ce mois-ci ! Car des aventures, il leur en arrive, et des belles... Dans *Prince et... papa !* (n° 2020), le deuxième volume de votre série Mariage royal, vous découvrirez ainsi comment le prince Garth de Nabotavia se retrouve, bien malgré lui, papa d'une jolie petite fille de quatre mois... Dans *Une merveilleuse rencontre* (n° 2021), le dernier volume de votre série Les fiancées de l'été, l'amour frappe à la porte de Brady Malone alors qu'il était loin de s'y attendre. C'est également le cas de Gina, qui, dans *Un patron bien trop séduisant* (n° 2022), se retrouve un beau matin... mariée à son patron ! Dans *Pour l'amour d'un célibataire* (n° 2023), c'est le séduisant Channings qui est frappé par un véritable coup de foudre pour Jolie, et décide donc de l'épouser ! Enfin, dans *Un papa formidable* (n° 2024), vous verrez que même un célibataire endurci comme JD se laisse prendre au jeu de l'amour...

Bonne lecture,

La responsable de collection

Prince et... papa !

RAYE MORGAN

Prince et... papa !

COLLECTION HORIZON

*éditions***Harlequin**

*Cet ouvrage a été publié en langue anglaise
sous le titre :*
BETROTHED TO THE PRINCE

Traduction française de
CHRISTINE BOYER

HARLEQUIN®

est une marque déposée du Groupe Harlequin
et Horizon® est une marque déposée d'Harlequin S.A.

Originally published by SILHOUETTE BOOKS,
division of Harlequin Enterprises Ltd.
Toronto, Canada

*Toute représentation ou reproduction, par quelque procédé que ce soit, constituerait
une contrefaçon sanctionnée par les articles 425 et suivants du Code pénal.*
© 2003, Helen Conrad. © 2005, Traduction française : Harlequin S.A.
83-85, boulevard Vincent-Auriol, 75013 PARIS — Tél. : 01 42 16 63 63
Service Lectrices — Tél. : 01 45 82 47 47
ISBN 2-280-14437-9 — ISSN 0993-4456

La princesse Katianna Mirishevsky Roseanova-Krimorova, plus connue sous le nom de Tianna Rose, considéra avec dégoût l'homme affalé dans le pavillon de jardin. Il était évident qu'il cuvait son vin. Sans doute avait-il passé la nuit à faire la fête avant de s'écrouler, ivre mort, dans ce kiosque ouvert à tous les vents. Comment un domestique osait-il se conduire de manière si dépravée au sein d'une résidence royale ? se demanda-t-elle, choquée.

Sa mère aurait certainement qualifié cette attitude d'inadmissible. Chez ses parents, un tel comportement n'aurait jamais été toléré.

Mais ce laisser-aller général semblait être la norme dans la propriété d'Arizona des Roseanova, où vivait la branche royale exilée de la famille. Quand son taxi l'avait déposée à l'adresse indiquée, Tianna avait été très étonnée de voir les grilles du somptueux domaine grandes ouvertes, sans aucun gardien pour surveiller les entrées. Dans la maison où elle avait grandi, un tel laxisme aurait été impensable. Et elle n'était pas au bout de ses surprises ! Elle s'attendait en effet à être accueillie par un majordome ou, à la rigueur, par une servante, qui l'aurait introduite auprès du maître des céans. Or, manifestement, il lui faudrait se débrouiller seule pour le dénicher.

Elle remontait donc l'allée qui menait au château lorsqu'elle remarqua un charmant petit belvédère dressé près d'un lac artificiel. Apercevant quelqu'un à l'intérieur, elle s'y dirigea, dans l'espoir de trouver de l'aide. Mais décidément, elle jouait de malchance ! Soûl comme un Polonais, l'homme dormait à poings fermés.

Pourtant, même dans cet état, il lui parut si séduisant qu'elle ne put s'empêcher de le contempler un moment. Ses cheveux blonds et bouclés auraient eu besoin d'être un peu raccourcis, mais sa chemise blanche, quoique chiffonnée et déboutonnée, était bien coupée, et sa veste de cuir semblait de bonne confection. Ses traits harmonieux révélaient une personnalité volontaire et la petite fossette qui ornait son menton rehaussait une virilité qu'il incarnait à la perfection. Oui, à tout point de vue, cet inconnu était d'une beauté à couper le souffle. Dommage que, chez ses parents, les domestiques soient dotés d'un physique plus ordinaire, songea la jeune femme avec regret.

L'envie de le réveiller d'une légère bourrade la traversa mais elle y renonça, préférant ne pas heurter d'entrée les coutumes locales. Mieux valait sans doute poursuivre son chemin vers le château.

A cette heure matinale, il ne faisait pas très chaud et elle resserra frileusement contre elle les pans de sa veste rouge. Avec un dernier regard sur les larges épaules du beau blond assoupi, elle s'apprêtait à tourner les talons lorsque, horrifiée, elle sentit des doigts puissants l'attraper par le poignet.

— Ne vous sauvez pas, Petit Chaperon rouge, murmura une voix enrouée. Il n'est pas très prudent de se promener seule dans cette forêt. L'ignorez-vous ?

— Laissez-moi ! cria-t-elle en tentant de se libérer.

L'homme battit des paupières.

— Pardonnez-moi, je me croyais encore dans mes rêves, dit-il sans desserrer son emprise.

Furieuse, à présent, elle tira sur sa main.

— Ecoutez, commença-t-elle.

Mais il ne l'écoutait manifestement pas du tout.

— Vous êtes si belle que vous allez hanter mes songes ma vie durant, reprit-il, malicieux. Et vous y tiendrez le rôle principal, j'en suis certain.

— J'espère les transformer en cauchemars ! lui lança-t-elle.

Décidée à lui faire lâcher prise, elle lui tordit les doigts d'un coup sec.

— Aïe ! cria-t-il en réprimant un juron.

Péniblement, il se mit sur son séant et se frotta les articulations.

— Qu'est-ce qui vous prend ?

Mais Tianna n'était pas d'humeur à discuter. La tête haute, elle se dirigea d'un pas vif vers l'allée, sans un regard en arrière. *In petto*, elle se félicita d'avoir suivi des cours de self-défense. Les imbéciles qui considéraient les princesses comme des proies faciles à tourmenter en étaient pour leurs frais. Voilà longtemps qu'elle n'avait eu l'occasion de mettre en pratique les conseils de son professeur particulier.

L'incident tombait bien. Elle avait justement besoin de remonter dans sa propre estime avant d'affronter l'épreuve qui l'attendait dans cette maison. En effet, elle était venue rompre ses fiançailles avec Garth Franz Josef Mikeavich Romano Roseanova, prince de Nabotavia. Il lui faudrait se montrer intraitable pour lui faire comprendre qu'elle n'avait aucune intention de l'épouser, même si des dizaines de papiers officiels certifiaient qu'elle s'y était engagée.

Pas question de se marier avec lui, ni maintenant, ni jamais.

Comme elle traversait le parc, elle découvrit avec ravissement une tonnelle couverte de rosiers grimpants d'un magnifique rouge sombre. Elle s'y arrêta pour admirer la vieille bâtisse. A la vue des multiples tours et balcons qui ornaient la demeure royale, la jeune femme ne put s'empêcher de rire.

— Seul un prince issu de l'est de Nabotavia aurait pu avoir l'idée de bâtir, au cœur de l'Arizona, un château du Moyen Age !

Elle-même venait de l'ouest de ce royaume d'Europe centrale. Comme tous les Roseanova, elle avait été contrainte à l'exil, vingt ans auparavant, lorsque la révolution avait renversé la monarchie au pouvoir. La plupart de leurs compatriotes avaient également trouvé refuge aux Etats-Unis. Ils y avaient mené une existence plutôt agréable en attendant le moment opportun pour chasser les oppresseurs et reprendre leurs droits. Au début de l'année, le miracle avait eu lieu : les rebelles avaient été désavoués par le peuple qui plébiscitait le retour de la royauté. Aussi, la jeune génération, dont faisait partie Tianna, était-elle censée se préparer à regagner Nabotavia, son pays natal, qu'elle ne connaissait qu'à travers ses légendes.

Mais les projets personnels de Tianna se conciliaient mal avec ce nouvel impératif. Elle ignorait les intentions du prince Garth à ce sujet mais, pour sa part, elle n'avait aucune intention de retourner en Europe. C'était une des raisons qui l'avaient décidée à rompre leurs fiançailles.

Quelques gouttes de pluie tombèrent sur son visage et elle leva les yeux vers les nuages sombres qui obscurcissaient le ciel. Au loin, le tonnerre gronda. Heureusement, elle n'était plus très loin.

Comme elle se hâtait vers le château, des éclats de voix attirèrent soudain son attention. Des hommes hurlaient, juraient, et des femmes poussaient des glapissements aigus. Tendant le cou, elle repéra la cause de ce vacarme. Deux grosses vaches avaient envahi le potager et bon nombre de gens tentaient de les en faire sortir. Voilà donc à quoi étaient occupés les domestiques et les gardiens ! se dit-elle.

Avec un léger haussement d'épaules, Tianna poursuivit son chemin. Mais comme elle entrait dans une magnifique cour pavée, d'étranges braillements la firent s'arrêter net. Les sourcils froncés, elle chercha l'origine de ces cris. Ils venaient d'un parterre de primevères le long de l'allée. En s'approchant, elle aperçut un panier d'osier qui s'agitait. Que pouvait-il contenir ? Des chatons ? Des chiots ?

Comme elle en soulevait la couverture, son cœur bondit soudain dans sa poitrine. Deux grands yeux bleus se posèrent sur elle et une petite bouche forma un O de surprise.

— Un bébé ! s'écria Tianna. Qu'il est mignon !

Elle jeta un rapide coup d'œil autour d'elle, certaine que quelqu'un devait veiller sur l'enfant. Mais il n'y avait personne. Peut-être la nounou l'avait-elle laissé quelques instants pour aider les autres membres du personnel à chasser les vaches du potager ? Décidément, les employés de ce château manquaient de sérieux ! Quel endroit bizarre ! se dit-elle, se félicitant de ne pas épouser le prince et de ne pas être obligée de vivre dans un tel capharnaüm.

Mais la pluie s'intensifiait. Sans hésiter, elle s'empara du nourrisson pour le mettre à l'abri, à l'intérieur. Pour aller plus vite, elle emprunta l'entrée de service.

En pénétrant dans une immense cuisine, elle ébouriffa ses cheveux humides et appela :

— Bonjour ! Il y a quelqu'un ?

Une jeune fille au nez en trompette apparut.

— Bonjour ! Vous postulez pour le poste de pâtissière, n'est-ce pas ? Vous êtes en avance.

Perplexe, Tianna la considéra, bouche bée, en serrant contre elle le nourrisson.

— Le poste de pâtissière ? Pas du tout. En fait, je… je suis venue voir le prince.

Les yeux de son interlocutrice s'agrandirent de stupeur.

— Le prince ? Désolée, mais il est absent.

— Absent ? répéta Tianna, catastrophée.

Pourtant, avant son départ, elle avait demandé à la secrétaire de sa famille de vérifier qu'il se trouvait bien en Arizona cette semaine. Zut ! Elle aurait dû s'en assurer par elle-même.

Pour tout compliquer, elle s'était rendue ici en cachette. Ses parents la croyaient à Phoenix, chez une amie. Mais en réalité, elle s'était envolée pour Flagstaff dans l'espoir de convaincre le prince Garth d'annuler leurs fiançailles.

Ils avaient été promis l'un à l'autre depuis des années, alors qu'ils n'étaient encore que des enfants. Cette union avait été organisée par leurs parents respectifs dans le but de rapprocher les deux branches de leur grande famille. Aux yeux de Tianna, ces considérations n'avaient plus aucune importance. Et comme le prince ne lui avait jamais témoigné le moindre intérêt — ils ne s'étaient d'ailleurs jamais rencontrés —, elle avait bon espoir de retrouver sous peu sa liberté. Mis devant le fait accompli, son père n'aurait alors plus qu'à s'incliner.

— Où est-il parti ? demanda-t-elle à la servante.

La fille haussa les épaules.

— Au Texas, si j'ai bien compris.

— Oh, non !

Elle avait donc fait tout ce chemin pour rien !

— Avez-vous une idée du moment où il reviendra ?

— Non, mademoiselle. Je suis désolée. Il n'était pas souvent ici ces temps derniers.

Dans ses bras, l'enfant émit un petit cri et Tianna le berça un instant.

La servante paraissait ennuyée.

— A qui est ce bébé ?

— Je n'en sais rien, répondit Tianna en écartant la couverture pour lui permettre de le voir. Quelqu'un l'a laissé dehors, et comme il commençait à pleuvoir, j'ai pensé qu'il valait mieux le rentrer. Sa maman ne doit pas être loin.

A ces mots, la jeune fille secoua négativement la tête.

— Non, mademoiselle. Il n'est pas d'ici. Si un nourrisson vivait dans ce château, je serais au courant.

— Pour l'amour de Dieu, ce n'est pas possible ! s'écria Tianna.

Elle se pencha vers l'enfant, attendrie par cet adorable petit être sans défense. Comment se faisait-il que ce si joli poupon soit tout seul, sans personne pour s'occuper de lui ? Le cœur serré, elle se remémora une fillette qui s'était également senti abandonnée à un âge trop tendre. Un peu tendue, elle le serra plus étroitement contre elle et lui murmura des paroles apaisantes.

Mais la servante poursuivait ses explications.

— Cook, la cuisinière, est avec les autres dans le potager en train de chasser les vaches. Elles ne cessent de s'échapper de leurs champs pour venir se régaler des salades.

Désignant une chaise à Tianna, elle ajouta :

— Asseyez-vous, mademoiselle. Cook ne devrait plus tarder. Je vais la prévenir que vous êtes là pour le poste de pâtissière.

Avant que Tianna n'ait pu lui répéter qu'elle ne postulait pas pour un emploi, la jeune fille sortit en courant de la pièce.

La princesse sourit au bébé.

— Tu es adorable, murmura-t-elle en lui embrassant le haut du crâne. Mais que vais-je pouvoir faire de toi ?

Elle promena les yeux autour d'elle, cherchant un endroit où poser son précieux chargement. Malgré sa taille impressionnante, la cuisine réussissait à paraître familiale, chaleureuse et intime. Des casseroles et des poêles étaient empilées ici et là, et des herbes aromatiques poussaient devant la fenêtre.

En entendant des pas s'approcher, Tianna tourna la tête, dans l'espoir de voir arriver quelqu'un à qui elle pourrait expliquer la situation, car la jeune servante ne lui semblait pas être la bonne interlocutrice.

Un grand blond entra, la tête entre les mains, comme s'il souffrait d'une migraine.

Tianna retint son souffle en reconnaissant l'inconnu éméché du kiosque. Pétrifiée, elle n'osait plus bouger. Une femme de son rang, qui se flattait de prendre les événements de la vie avec hauteur, n'allait certainement pas se laisser déstabiliser pour si peu, mais, debout, il lui parut encore plus séduisant.

De son œil exercé de photographe, elle admira ce chef-d'œuvre viril. Sa beauté était stupéfiante et il irradiait de charme et d'assurance. Si elle n'avait pas appris que le maître de céans était absent, elle l'aurait certainement pris pour lui.

Cela dit, les quelques princes qu'elle avait rencontrés ces dernières années lui avaient semblé insignifiants et sans caractère. Ils n'étaient que le pâle reflet des hommes charismatiques qui avaient gouverné leur pays à une époque. Ce beau blond avait l'air trop vivant, trop resplendissant de santé pour être aristocrate. Elle l'imaginait davantage en guerrier… un guerrier qui aurait un peu trop abusé de vin, la veille au soir.

— Ne nous sommes-nous pas déjà rencontrés quelque part ? lui lança-t-il en clignant des yeux, comme si la lumière du jour l'éblouissait.

— On peut dire ça, répondit-elle sèchement, décidée à ne pas lui montrer à quel point il la troublait. Je ne suis pas étonnée que vous ayez du mal à vous en souvenir, vous dormiez à moitié.

— Ah oui ! Vous êtes la muse de mon rêve…

14

Il lui décocha un sourire qui la fit fondre mais qui fut de courte durée. Avec un soupir, il se massa les tempes.

— Je suis désolé de vous donner une image si déplorable de moi, ajouta-t-il. Mais ma nuit fut longue et un peu arrosée…

— Manifestement.

— A votre ton, je devine que vous désapprouvez les excès d'alcool, ajouta-t-il avec un regard sardonique. Je suppose que vous n'avez jamais bu plus que de raison, n'est-ce pas, Petit Chaperon rouge ?

— Jamais.

— C'est bien ce que je pensais. Vous êtes d'une grande sagesse, c'est écrit sur votre front.

Avec un soupir, il poursuivit :

— Mais cette fois, j'ai retenu la leçon. Cette cuite m'a mis à terre et sera la dernière. Je ne toucherai plus jamais une goutte d'alcool. C'est juré.

Promesse d'ivrogne, songea-t-elle.

Mais elle se contenta de le dévisager en serrant le bébé contre elle. Sa beauté la fascinait.

Il ouvrit un tiroir, en sortit des cachets d'aspirine, et en mit deux dans un verre d'eau qu'il avala avec une grimace.

— J'espère que cette saleté viendra vite à bout de mon mal de crâne, dit-il.

Se laissant tomber sur une chaise, il prit sa tête entre ses mains et se demanda — ce n'était pas la première fois qu'il se posait cette question — pourquoi il s'infligeait en permanence cette autopunition. Certes, voilà longtemps qu'il ne s'était pas soûlé. S'enivrer ne l'amusait plus. Avec les années, le whisky le rendait de moins en moins euphorique et de plus en plus malade. Mais la veille au soir…

Pourquoi se mentir ? Il savait très bien ce qu'il avait tenté d'oublier avec une bonne bouteille. Il n'acceptait toujours pas la mort de ses parents, assassinés pendant la révolution, et hier était le vingtième anniversaire de ce triste événement. Heureusement, l'année prochaine, il serait sans doute trop occupé à Nabotavia pour avoir le temps de penser à ce rituel funèbre.

Il ouvrit les yeux et croisa le regard vert de la jeune femme qui arpentait la pièce de long en large. Soudain, il eut honte d'être dans un tel état face à cette inconnue. Elle lui paraissait si jeune, si élégante, si fraîche ! Comparé à elle, il avait l'air vieux et minable. Il se redressa.

— Que portez-vous ? s'enquit-il soudain en désignant le petit paquet qu'elle avait dans les bras.

Elle serra plus étroitement son chargement et y déposa un petit baiser.

— Un bébé.

A ce mot, il se sentit tout à fait réveillé.

— Un bébé ?

En un éclair, il mesura la portée de cette déclaration et se raidit.

— Est-ce le vôtre ?

— Non. Quelqu'un l'a laissé dans la cour. Comme il commençait à pleuvoir, je l'ai rentré dans la maison.

Il ne la crut pas et tenta de se rappeler si elle était accompagnée d'un nourrisson lorsqu'il l'avait vue dans le kiosque. Mais il était alors tellement mal en point qu'il était incapable de le dire. Fronçant les sourcils, il la dévisagea avec attention. L'avait-il rencontrée auparavant ? Non, il s'en souviendrait. Et jusqu'ici, elle ne prétendait pas le contraire.

— J'ignore tout des enfants, expliqua-t-il dans un effort pour engager la conversation. J'ai entendu dire qu'ils étaient des humains en devenir mais j'ai mis du temps à l'admettre, et, pour tout vous avouer, j'en doute encore souvent.

Manifestement, elle ne prêtait aucune attention à ses plaisanteries — douteuses, il est vrai. Focalisée sur le nourrisson, elle lui murmurait de douces paroles. Elle paraissait curieusement attachée à ce bébé qu'elle affirmait ne pas connaître. Il ne pouvait donc pas s'empêcher de nourrir des suspicions.

Depuis des années, il veillait à ce qu'aucune femme n'ait un jour la possibilité de lui faire porter la paternité de son rejeton. Certaines avaient essayé — en vain, heureusement — et, depuis lors, il restait prudent.

Très jeune, il avait appris que son rang et ses titres lui interdisaient d'établir des relations normales avec autrui. La plupart des gens s'approchaient de lui dans l'espoir d'obtenir une faveur, de bénéficier de son influence ou simplement pour se vanter de compter un prince de sang parmi leurs connaissances. Les rares fois où il s'était allé à l'oublier, il l'avait payé cher. Aussi se tenait-il en permanence sur ses gardes et préférait-il donner l'image d'un homme superficiel et cynique afin de dissimuler à des tiers malintentionnés — et ils étaient légion — sa sensibilité et sa vulnérabilité.

— Et que fait cet enfant ici ? reprit-il.

Elle le dévisagea comme si elle commençait à douter de son intelligence.

— Ce n'est qu'un bébé ! Comment pourrait-il l'expliquer ?

— N'est-il pas à vous ?

— Non ! Comme je vous l'ai dit, je l'ai trouvé dans la cour.

— C'est en effet ce que vous avez prétendu… A qui est-il donc, d'après vous ?

— Je n'en ai aucune idée. Mais comme cette propriété est ouverte à tous les vents, n'importe qui aurait pu le déposer.

— Exact.

17

Il n'était pas convaincu mais cela n'avait pas d'importance. De toute façon, ce bambin ne l'intéressait pas. En revanche, il n'était pas insensible aux charmes de la jeune femme qui le berçait.

— Vous trouvez donc qu'il règne ici un certain laxisme ?

— Cela crève les yeux, répondit-elle sans se donner la peine de prendre de gants. Ce domaine va à vau-l'eau. On y entre comme dans un moulin, personne n'est au courant de rien, les domestiques ne sont pas à leur poste…

— Si vous deviez le diriger, il en serait tout autrement, je suppose : vous réorganiseriez la maisonnée en deux temps trois mouvements.

— Je m'en sais capable.

Le comportement de cette inconnue lui plaisait. Rencontrer une femme séduisante qui ne semblait pas vouloir se répandre en courbettes et en œillades sous prétexte qu'elle se trouvait en présence d'un prince était rafraîchissant.

— Vraiment ? Et que feriez-vous pour améliorer la situation ?

Elle lui jeta un regard de biais avant de se remettre à caresser tendrement le bébé.

— Ma première priorité serait sans doute de vous renvoyer, lui assena-t-elle sèchement.

— De me renvoyer ?

Un instant, il la dévisagea avant d'éclater de rire.

D'un ton désapprobateur, elle poursuivit :

— Jamais je ne garderais un domestique de votre acabit. D'ailleurs, quelles fonctions occupez-vous exactement dans ce château ?

Il lui sourit. Elle ignorait vraiment qu'il était prince. Merveilleux !

18

— Oh, elles sont assez vagues ! On me garde surtout pour distraire la galerie. Je joue le rôle d'amuseur public, si vous préférez.

Manifestement, elle n'en crut pas un mot.

— Eh bien, sachez que vos pitreries m'agaceraient. Au lieu de chercher à faire de l'humour avec des plaisanteries qui ne font rire que vous, rendez-vous plutôt utile. Auriez-vous l'obligeance de porter ce bébé un instant ?

A la vue du paquet rose qu'elle lui tendait, il secoua résolument la tête.

— Je vous l'ai dit, je n'y connais rien en matière de puériculture.

— Tenez-le quand même pendant que j'arrange un coin pour l'installer.

Pas question. La simple idée de toucher ce petit être lui donnait la frousse.

— Non, occupez-vous de lui, je me charge du reste.

Il se leva et promena les yeux dans la cuisine. Repérant un gros panier d'osier vide, il le recouvrit de la petite couverture.

— Voilà.

Avec précaution, Tianna coucha le bébé endormi dans ce berceau improvisé avant de le contempler avec ravissement.

— Il est à croquer.

Pour sa part, il n'avait jamais trouvé très beaux ces petits bouts d'hommes rouges et ridés, mais le visage de la jeune femme lui plaisait. Elle le regardait d'une façon étrange. Sans doute l'attirait-il — la plupart des femmes fondaient à sa vue — mais ses yeux de chatte reflétaient un mystère.

Elle était très, très belle mais, visiblement, elle ne se préoccupait pas de son apparence. A sa façon de se tenir, de se mouvoir, il était certain qu'elle se moquait de son image. Curieux mélange d'innocence et de sophistication, elle lui donnait l'impression de savoir beaucoup de choses mais de les

19

avoir apprises dans les livres et non pas grâce à ses propres expériences, au contact de la vie et des gens.

— C'est drôle, reprit-il doucement en admirant les mèches folles et dorées qui chatouillaient son cou soyeux. Vous ne ressemblez pas du tout à une pâtissière.

— Cela n'a rien d'étonnant, je n'en suis pas une.

Elle leva les yeux vers lui. Lui dire qu'elle était princesse ne lui effleura pas l'esprit. Elle ne se présentait jamais ainsi. Si elle l'avait pu, d'ailleurs, elle aurait retiré de ses veines toute trace de sang bleu, effacé de son existence tout ce qui avait trait de près ou de loin à la royauté. Bien sûr, elle était venue jusqu'ici justement à cause de ses origines et de ses obligations familiales, mais elle l'avait presque oublié.

D'un air perplexe, il insista :

— J'ai vu Milla, dans le hall, et elle m'a affirmé que vous sollicitiez ce poste.

Avec un soupir, Tianna répéta.

— Elle a tort, j'adore cuisiner mais pour mon seul plaisir.

Il fronça les sourcils. Après sa cuite de la veille, il avait du mal à réfléchir.

— Mais alors quel métier exercez-vous ?

— Je suis photographe.

Avec un gémissement, il renversa la tête en arrière.

— Ne me dites pas que vous êtes venue prendre quelques clichés croustillants de la famille royale !

— Non, rassurez-vous. Je me consacre exclusivement aux photos architecturales. Photographier des têtes couronnées ne présente aucun intérêt pour moi.

— Tant mieux. Dans le cas contraire, je vous aurais tiré les oreilles.

— Je vous déconseille d'essayer, riposta-t-elle, une main sur les hanches.

20

Elle ressemblait à une chatte sauvage, prête à lacérer le visage de celui qui lui manquerait de respect.

— Oh, pardonnez-moi, j'oubliais que vous étiez dangereuse !

A sa manière — à la fois sensuelle et ironique — de la considérer, un long frisson la parcourut.

Le souffle court, elle se sentit rougir jusqu'à la racine des cheveux, mais elle releva le menton.

— Pas du tout. Mais je sais me défendre, voilà tout.

— Je vous le confirme. Mes doigts en ont fait la triste expérience.

Il secoua sa main, qui ne semblait pourtant pas réellement blessée, d'un air accusateur.

— Vous m'avez fait une démonstration très convaincante de vos talents, tout à l'heure. Quels autres tours avez-vous dans votre sac ?

Un instant, leurs regards se croisèrent, parurent fusionner et crépiter.

— Je… je crois qu'il vaut mieux les passer sous silence, balbutia-t-elle en détournant les yeux. L'effet de surprise est primordial dans une attaque.

— Vous avez raison, je vais vous le prouver de ce pas, répliqua-t-il en se levant.

— Non, merci.

Elle tenta de s'écarter mais il fut plus rapide qu'elle.

— Si quelqu'un vous attrape comme cela, dit-il en lui enlaçant la taille et en la serrant contre lui, qu'allez-vous faire ?

Elle retint sa respiration. Son visage était si près du sien qu'elle sentait son souffle chatouiller sa joue, et sa barbe de trois jours picoter sa peau. Déconcertée, elle ne savait pas comment réagir.

— Je vais vous le dire, poursuivit-il d'une voix rauque. Vous devez relever le bras droit tout en tournant sur vous-même vers la gauche.

Il l'étreignait contre son corps puissant et elle devinait chacun de ses muscles dans son dos. D'instinct, elle s'apprêtait à obtempérer quand, dans un éclair, elle comprit que si elle suivait ses conseils, elle se retrouverait face à lui, dans la position idéale pour être embrassée.

L'idée ne lui aurait pas déplu si elle n'avait pas été certaine qu'il cherchait uniquement à se moquer d'elle. Elle se raidit. Pas question de tomber dans un piège aussi grossier ! Au lieu de quoi, se remémorant les leçons de son professeur d'arts martiaux, elle renversa la situation, se libéra et lui tordit le bras.

Il poussa un cri. Non seulement cette femme était ravissante mais elle était intelligente et ne se laissait pas marcher sur les pieds ! Réprimant un grand rire, il lui lança :

— Qu'est-ce qui vous prend ? J'essayais juste de vous montrer…

Dans un geste d'autodéfense, elle leva la main.

— N'approchez pas ! lui ordonna-t-elle.

A ce moment-là, la cuisinière fit son apparition, les joues rouges, l'air très contrarié. D'un regard, elle enveloppa la scène, adressa un signe de tête à Tianna, et fusilla d'un œil noir son assaillant.

— Jeune homme, vous connaissez le règlement, lui dit-elle fermement en secouant un doigt devant son nez. Dans ma cuisine, pas question de conter fleurette à qui que ce soit, c'est bien compris ? Maintenant, dehors !

Et d'un geste, elle lui désigna la sortie.

— Conter fleurette ? Ne vous inquiétez pas. Cette demoiselle sait se défendre.

22

Tianna le dévisagea et il soutint son regard avant de reporter son attention sur la cuisinière.

— Je ne faisais rien de mal, Cook. Je lui tenais compagnie en vous attendant. Cela me paraissait courtois de ma part.

Il arborait le sourire confiant de celui qui utilise son charme pour se sortir des difficultés de la vie et n'hésite jamais à s'en servir, certain que le stratagème marchera à chaque fois.

Mais la cuisinière ne fut pas dupe de son beau discours.

— Si vous voulez exercer vos talents de séducteur, trouvez un autre terrain de chasse. La cuisine est mon domaine réservé. Et j'ai du travail, ajouta-t-elle.

Une expression résignée se peignit sur les traits virils du jeune homme. Il se pencha vers la vieille femme et la salua avec un respect affecté.

— Cook, vous êtes ma fée protectrice, mon mentor, mon ange gardien. Comme toujours, des paroles teintées de sagesse tombent de vos lèvres délicates tels les pétales d'une rose…

A ces mots, Cook rougit et eut du mal à dissimuler le plaisir que lui faisait le compliment.

— Maintenant, débarrassez-moi le plancher.

Elle lui envoya un coup de torchon sur la tête mais, à son regard, Tianna devina son affection sans bornes pour le jeune homme.

— Et gardez votre poésie à deux sous pour vous.

— Eh, surveillez vos propos ! dit-il en se préparant à quitter la pièce. J'ai une réputation à défendre. Ne commencez pas à répandre des rumeurs sur mes dons poétiques.

Avant de tourner les talons, il déposa un petit baiser sur les joues rebondies de la vieille femme. Parvenu au seuil de la cuisine, il fit volte-face.

— Au revoir, adorable lady, lança-t-il à Tianna. J'espère que nous aurons l'occasion de nous retrouver.

Et, avec un bref sourire, il s'en alla.

Tianna pensa qu'elle ne le reverrait sans doute jamais et ne put réprimer un petit soupir de regret. Elle devait s'avouer qu'une petite amourette avec un homme de cette trempe ne lui aurait pas déplu. Un instant, elle imagina la scène : il l'embrasserait fougueusement au clair de lune, le parfum entêtant des roses les envelopperait…

La seule histoire d'amour qu'elle avait connue s'était mal terminée et ne valait pas les efforts qu'elle avait déployés pour la faire aboutir. Mais elle avait le pressentiment qu'avec cet inconnu il en serait sans doute allé autrement.

— Ce chenapan a un cœur d'or, lui confia la cuisinière dès qu'elles se retrouvèrent seules. Mais il adore me faire enrager. Quel taquin !

Tianna sourit, tentant de recouvrer ses esprits perturbés par le souvenir du beau charmeur.

— Il est de votre famille, je suppose ?

A ces mots, la cuisinière manqua de s'étouffer.

— Ma famille ? Seigneur, non ! Ma chère, ignorez-vous donc à qui vous aviez affaire ? Il s'agit du prince Garth !

2.

Stupéfaite, Tianna se sentit blêmir.

— Le prince Garth ! s'écria-t-elle en portant la main à son cœur. Mais… mais la jeune servante m'a dit qu'il était au Texas.

— Elle pensait que vous vouliez parler du prince Marco, c'est certain, répliqua Cook. Il se trouvait ici la semaine dernière.

Elle commença à s'activer dans la cuisine.

— Personne ne désigne Garth comme « le prince ». Il est le cadet, le fripon, le charmeur de la famille, ajouta-t-elle d'un ton affectueux.

Encore abasourdie, Tianna se laissa tomber sur une chaise. Ainsi, son fiancé officiel avait donc réellement tout du play-boy et du fêtard ! Délicieusement irrésistible au demeurant, il n'en était pas moins le dernier homme au monde qu'une femme sensée aimerait épouser. Elle avait hâte d'en informer son père. Furieux, il mettrait certainement lui-même tout en œuvre pour obtenir sous peu l'annulation de leurs fiançailles. Et ne s'était-elle justement pas rendue au château dans ce but ?

En réalité, elle avait de plus en plus de mal à se rappeler la raison de sa venue. Trop d'événements se succédaient depuis son arrivée.

La cuisinière la dévisageait en fronçant les sourcils.

— Bien, à présent, revenons à nos moutons. Vous postulez pour le poste de pâtissière du palais, à ce que j'ai compris. Je ne vous attendais pas si tôt mais cela n'a pas d'importance. Mettons-nous au travail.

Tianna s'apprêtait à rectifier la situation mais son interlocutrice ne cessait de parler sans lui laisser la possibilité de placer un mot.

— Voilà de quoi exercer vos talents et votre créativité, poursuivait Cook en désignant une pâte à tarte. Pourquoi ne pas l'étaler dans un moule ? Cela nous donnera le temps de réfléchir à la manière dont nous allons la garnir. J'aimerais quelque chose d'original.

— Je ne suis pas ici pour occuper cet emploi.

— Non ?

— Non. Je suis…

Tianna devina qu'elle allait avoir du mal à expliquer pourquoi elle se trouvait là et pourquoi elle n'avait pas parlé à Garth lorsqu'elle en avait eu l'occasion. La situation commençait à lui échapper complètement. Il était sans doute temps pour elle de dire à tous qui elle était et de tenter de mettre un peu d'ordre dans cette affaire.

— En fait, voyez-vous, je suis la princesse Katianna de…

Malheureusement, ses paroles furent couvertes par des petits cris soudain. La cuisinière se retourna brusquement et regarda le couffin posé sur la table.

— Un bébé ! C'est vrai, Milla m'avait signalé que vous étiez venue avec votre enfant. Mais vous savez, nous n'avons rien pour accueillir un nourrisson. Vous auriez dû évoquer la question avant de vous présenter.

Tianna eut envie de s'arracher les cheveux mais se contenta de répéter :

— Il n'est pas à moi. Je l'ai découvert dans la cour.

A ces mots, Cook leva les yeux au ciel.

26

— Cela n'a aucun sens ! s'écria-t-elle.

— Je vous assure que c'est la vérité.

D'un coup d'œil, la vieille femme devina son irritation croissante.

— Bon, admettons. Mais alors d'où vient ce bambin ?

Bonne question. Si seulement quelqu'un connaissait la réponse ! Réprimant une envie de hurler, Tianna lui expliqua que la propriété étant très mal surveillée et ouverte à tout va, n'importe qui avait pu entrer et le déposer.

A contrecœur, la cuisinière parut accréditer cette hypothèse.

— C'est vrai. Nous manquons cruellement de personnel ces temps-ci et le domaine part à la dérive, dit-elle en secouant la tête. D'habitude, les malheureuses laissent leurs rejetons à l'entrée du parc.

Tianna fronça les sourcils.

— Vous voulez dire que des bébés inconnus atterrissent en permanence au château ?

La vieille femme haussa les épaules.

— Pas « en permanence », mais ce n'est pas la première fois. Les mères célibataires espèrent que nous allons prendre leurs progénitures sous notre aile et les élever comme des membres de la famille royale. Vous avez sûrement entendu parler de la légende du Bébé de la Rose. C'est une vieille histoire nabotavienne.

Tianna ne la connaissait pas mais n'était pas d'humeur à écouter un conte à dormir debout pour l'instant.

— Vous croyez donc qu'il a été abandonné par une femme désespérée ? s'exclama-t-elle en contemplant le petit être et regrettant de s'être déjà autant attachée à lui.

Comme l'enfant recommençait à s'agiter, elle le prit dans ses bras et tapota son petit dos en lui murmurant des paroles de réconfort.

— Sans aucun doute, conclut la cuisinière.

Elle se tourna vers Milla qui revenait du potager.

— Appelle l'orphelinat. Dis-leur que nous avons un nouveau pensionnaire à leur envoyer.

Le visage défait, Tianna leva les yeux. La pensée de cet adorable petit ange confié aux mains d'inconnus lui était insupportable.

— Ne vaudrait-il pas mieux prévenir la police ? Et peut-être les services sociaux ?

— Les services sociaux ? Seigneur, non ! Nous allons téléphoner à l'orphelinat nabotavien, c'est la meilleure solution. Ils se chargeront de lui. Nous autres, de Nabotavia, aimons nous occuper des nôtres.

Traversée par un doute subit, elle lança à Tianna :

— Vous êtes vous-même une ressortissante de notre belle patrie, n'est-ce pas, ma chère ?

— Bien sûr.

— Vous avez vécu un peu trop longtemps aux Etats-Unis, non ? Vous commencez à penser comme une Américaine. C'est également le cas de notre jeune prince. Quelle tristesse ! Heureusement, le retour au pays est proche.

Elle secoua la tête.

— Nous avons presque perdu nos racines, à mon avis.

— Vous vous préparez donc à rentrer à Nabotavia ?

— A vrai dire, une partie du personnel est déjà là-bas et voilà pourquoi je suis débordée. Je me retrouve seule à tenir cette maison à bout de bras et Dieu sait que je n'ai pas le temps de chômer !

Sur ces entrefaites, la jeune servante revint.

— L'orphelinat ne peut pas accueillir le bébé. Une épidémie de varicelle frappe l'établissement et tant que la maladie n'est pas enrayée, ils n'ont pas le droit de prendre de nouveaux arrivants. Il faut compter quatre ou cinq jours au moins.

Secouant la tête, la cuisinière prit un air accablé.

— Oh, Seigneur ! Quelle sera la prochaine catastrophe ?

Tianna hésitait. Elle avait la possibilité de dire qui elle était et tout changerait. Immédiatement, elle serait considérée comme une princesse, on lui donnerait une chambre agréable pour la nuit et elle ne reverrait sans doute jamais plus cet enfant.

Mais elle pouvait aussi laisser tout le monde croire qu'elle était à la recherche d'un emploi et rester ici un moment. Elle regarda le bébé. Ses grands yeux bleus la dévisageaient avec intensité et sa lèvre inférieure tremblait. Submergée par une vague de sentiment maternel, la jeune femme se sentit faiblir. Ce petit être lui paraissait si doux, si mignon, si plein de vie et surtout si fragile, si vulnérable ! Tianna savait ce qu'était être perdu et sans défense. Elle ne souhaitait un tel sort à personne, et surtout pas à un innocent. Elle devait faire quelque chose pour s'assurer que rien de fâcheux n'arriverait à cet angelot. Et comme elle avait l'expérience des petits, s'étant beaucoup occupée du fils de sa sœur, elle prit sa décision.

— Je… je peux peut-être m'en charger…

— Et comment vous appelez-vous, ma chère ?

— Tianna Rose.

Pour le moment, son nom usuel convenait très bien. Personne ne ferait le rapprochement avec Katianna Roseanova-Krimorova, la fiancée officielle du prince.

— Rose ? Seriez-vous apparentée à la famille royale, par hasard ?

Tianna croisa son regard mais elle n'avait pas l'habitude de mentir ouvertement.

— Peut-être.

Avec un petit rire, la cuisinière reprit d'un air entendu :

— Tout le monde rêve d'être de sang bleu… Après tout, c'est sans doute le ciel qui vous envoie. Quelqu'un doit s'occuper de ce bébé et je n'ose pas le laisser aux mains de Milla. Elle serait capable de l'oublier dans la cour. Que savez-vous en matière de puériculture, Tianna ?

Pour le prince Garth, conduire une Porsche faisait partie des grands plaisirs de l'existence. Toute en puissance et en finesse, sa voiture ressemblait à une femme sensuelle. Voilà peut-être pourquoi, tandis qu'il conduisait, les cheveux dans le vent, après un après-midi barbant à discuter avec ses avocats et des industriels, ses pensées s'envolaient vers la ravissante inconnue qu'il avait rencontrée ce matin.

Il se remémorait les charmantes courbes de son corps. Lorsqu'il l'avait serrée contre lui dans la cuisine, il s'était senti troublé. Elle était féminine jusqu'au bout des ongles. Sa grâce de chatte et sa beauté un peu hautaine l'avaient séduit au premier regard, mais ces charmes l'encourageaient plutôt à se tenir sur ses gardes. Dernièrement, il avait eu maille à partir avec ce genre de demoiselles et, à présent, il se méfiait.

Ah, les femmes ! Elles n'étaient jamais fair-play. Même celles qui semblaient au départ accepter les règles — c'est-à-dire prendre les jeux de la séduction et de l'amour avec légèreté —, et qui lui avaient juré de laisser leurs sentiments au vestiaire, finissaient toujours par exiger un engagement sur le long terme ou, pire, la bague au doigt. Et lorsqu'il repoussait leurs avances, elles s'arrangeaient toujours pour le lui faire payer.

Le mois dernier encore, il avait — bien malgré lui — défrayé la chronique avec un scandale impliquant une jeune rousse qu'il n'avait même pas embrassée. Elle avait été raconter à des journalistes un conte à dormir debout, disant qu'il organisait des orgies sur son yacht, faisait l'amour dans des lieux publics et Dieu sait quoi encore ! Tout cela parce qu'il avait cessé de répondre à ses appels téléphoniques et qu'il refusait de nouer une relation avec elle. Parfois, il avait l'impression que le sort s'acharnait sur lui.

D'un autre côté, il détestait penser au nombre de femmes dont il avait brisé le cœur. Cela dit, celui de certaines était vraiment très fragile. Garth en était finalement parvenu à la conclusion qu'il valait désormais mieux pour lui ne plus fréquenter personne. D'ailleurs, il était fiancé. Il n'avait pas besoin de chercher une compagne, alors pourquoi ne pas cesser définitivement de séduire tous les jupons du voisinage ?

Pourtant, la visiteuse de la matinée, aussi séduisante que dangereuse, l'intriguait. Elle lui avait affirmé être photographe alors qu'à l'évidence elle postulait pour un emploi de pâtissière. Elle allait certainement lui confectionner sous peu de bons petits plats. A cette idée, il sourit de nouveau. Laissant la voiture à Homer, le chauffeur, il se dirigea vers la cuisine et salua Cook d'un baiser sonore sur la joue.

— Ah, vous voilà ! dit-elle. Dînez-vous ici, ce soir ?

— Oui, je crois.

Il promena les yeux dans la pièce mais ne vit nulle part la jeune femme qu'il cherchait.

Cook le considéra en souriant.

— Parfait. Vous sortez beaucoup trop ces temps-ci. Rester un peu à la maison vous fera du bien.

D'un bref coup d'œil circulaire, Garth repéra Milla écossant des petits pois dans l'office et une jeune fille nettoyant la table.

— Qu'est-il arrivé à la nouvelle pâtissière ?

D'un geste du menton, Cook lui désigna la brune.

— Elle est là. C'est une travailleuse.

Garth fronça les sourcils.

— Non, je voulais dire l'autre, celle de ce matin.

Inquiet, il se tourna vers la vieille domestique.

— Vous ne l'avez pas renvoyée, j'espère !

— Oh, vous parlez de Tianna ! Elle a accepté de se charger du bébé trouvé dans la cour jusqu'à ce que l'orphelinat accepte de le prendre, ou que quelqu'un le réclame. Elle doit être à la nurserie...

Mais Garth était déjà sorti en sifflotant. Ainsi, elle se nommait Tianna. Un très joli prénom, typiquement nabotavien pour une très jolie fille typiquement nabotavienne. Contre tout bon sens, il brûlait d'envie de la revoir. Malgré sa réputation de coureur de jupons, non usurpée au demeurant, il n'avait encore jamais flirté avec une de ses employées. Ce n'était pas son genre. Cela dit, il n'avait jamais rencontré de domestique aussi belle auparavant. Elle était l'exception qui confirmait la règle.

Il se sentait d'excellente humeur en frappant à la porte de la nurserie.

— Entrez !

Un sourire charmeur sur les lèvres, il ajusta le nœud de sa cravate et tourna la poignée. Mais en pénétrant dans la pièce, au lieu de voir la surprise se peindre sur les traits ravissants de la dénommée Tianna, il se retrouva nez à nez avec une expression accusatrice.

— Ah, vous voilà ! s'exclama-t-elle.

Il s'arrêta net. Au moins ne l'avait-elle pas mis au tapis avec une prise de karaté, cette fois-ci.

— Qu'est-ce que j'ai fait ? répliqua-t-il sans comprendre.

D'un regard, elle lui indiqua que, s'il l'ignorait, son cas était plus grave encore qu'elle ne l'avait craint.

— Je vous attendais, dit-elle d'un air préoccupé. Je dois vous parler.

Son ton le surprit mais il fut heureux de constater qu'elle était aussi jolie que dans son souvenir. Ses cheveux cuivrés encadraient un visage fin aux lèvres pleines, et de grands yeux d'un vert lumineux et sertis de longs cils noirs. Elle lui plaisait et il s'interrogeait déjà sur la saveur de sa peau.

— J'étais en réunion tout l'après-midi. Des discussions longues et ennuyeuses avec des chefs d'entreprise et des avocats. Pourquoi ? Que se passe-t-il ?

Il demandait ce qui se passait !

Elle déposa avec précaution le bébé dans le vieux berceau de la famille pour se donner le temps de reprendre contenance. Comme elle caressait du bout des doigts la petite tête soyeuse, elle sentit une vague de tendresse la submerger. En la changeant, elle avait découvert qu'il s'agissait d'une petite fille. Qu'elle était belle, endormie sous sa couverture rose ! Tianna avait la ferme intention de la défendre. Elle était prête à tout pour s'assurer que sa protégée serait en sécurité et entre de bonnes mains.

Par chance, la nurserie regorgeait d'articles de puériculture, les enfants de Marco, encore très jeunes, y ayant séjourné peu auparavant. Milla avait été envoyée en ville acheter du lait en poudre et des petits pots, mais les armoires regorgeaient de couches et de draps ainsi que de tous les ustensiles nécessaires à un bébé. Et ce bout de chou était peut-être mieux loti dans la vie que Tianna ne l'avait craint au départ.

Elle regarda le prince Garth. Depuis plusieurs heures, elle ruminait sa colère contre lui, mais si elle commençait à tempêter, elle n'aboutirait à rien. D'ailleurs, à le dévisager, elle avait à présent la conviction qu'il n'était pas le monstre qu'elle s'était imaginé. Il prendrait certainement ses responsabilités.

— Avez-vous déjà entrepris des recherches pour retrouver la maman de ce petit trésor ? s'enquit-elle avec précaution.

Il parut déconcerté par la question mais répondit presque aussitôt.

— Ne vous inquiétez pas pour ça. L'orphelinat s'en chargera. En général, les malheureuses récupèrent leur progéniture en quelques jours. Elles agissent ainsi à cause de la légende du Bébé de la Rose, vous savez.

Elle se mordilla les lèvres. Voilà deux fois que quelqu'un faisait allusion à cette histoire devant elle. Sans doute appartenait-elle spécifiquement à la culture de l'est de Nabotavia, parce qu'elle ne se souvenait pas en avoir jamais entendu parler. Mieux valait certainement l'écouter avant d'aborder le sujet crucial.

— Pourquoi ne prendriez-vous pas un siège pour me la raconter ? lui suggéra-t-elle en lui désignant un fauteuil.

Il la dévisagea et faillit éclater de rire. Elle lui parlait comme si... comme si elle était une princesse ! Bien sûr, il avait l'habitude d'être traité en égal par la plupart de ses interlocuteurs. Après tout, il avait passé la plus grande partie de sa vie aux Etats-Unis, dans l'armée américaine, en particulier, en tant que lieutenant-colonel. Mais chez lui, dans ce château, il en était autrement. Il était le maître des lieux et Tianna, son employée. A présent, elle n'ignorait sûrement plus qu'il était prince. Or, curieusement, elle ne semblait pas éprouver la nécessité de le traiter avec une déférence particulière. Un observateur extérieur aurait même pu parvenir à la conclusion inverse, à savoir qu'*il* travaillait pour *elle* !

— Vous êtes nabotavienne, non ? demanda-t-il en se laissant tomber sur une chaise. Vous la connaissez donc certainement.

— Je n'en ai gardé aucun souvenir. Pourquoi ne pas me rafraîchir la mémoire ?

— D'accord. L'histoire s'est déroulée il y a une centaine d'années à Nabotavia. A l'époque, le royaume traversait une période d'instabilité, les guerres se succédaient. La reine — mon arrière-grand-mère — avait donné le jour à trois garçons mais ne parvenait plus ensuite à porter d'autre progéniture. Or, elle rêvait d'une petite fille. De ce fait, elle fit une grave dépression. Tous les habitants du pays connaissaient sa tristesse à ce sujet. Puis, un jour, alors qu'elle traversait la roseraie, elle trouva un bébé fille, enveloppée dans une couverture rose. Elle l'adopta, l'éleva comme son propre enfant et la nomma même princesse. La fillette grandit et devint ma grand-tante, la princesse Elna. Pour respecter les désirs de la reine, elle ne s'est jamais mariée et a tenu compagnie à sa mère adoptive jusqu'à la fin.

— Très belle histoire.

— Oui. Ce genre de gratitude n'est plus très fréquent de nos jours, n'est-ce pas ?

Il lui décocha un sourire lumineux.

— Je ne me souviens pas beaucoup d'elle mais je sais qu'elle aimait passionnément la vie. Elle a fondé l'orphelinat et un hôpital pour les nécessiteux de Nabotavia. Tout le pays l'adorait et la considérait comme une sainte.

— Oui, la princesse Elna, acquiesça Tianna.

A présent, la mémoire lui revenait. Elle avait lu une biographie de cette aïeule lorsqu'elle avait douze ou treize ans.

— J'ai effectivement entendu parler d'elle, bien sûr. C'était une femme merveilleuse.

— En tout cas, elle est entrée dans la légende et cette histoire est devenue un mythe. Les gens ont cru que la famille royale prenait en charge des bébés. La roseraie étant ouverte au public, certaines femmes se sont mises à y laisser leurs progénitures avec de petits mots nous suppliant de les adopter. Avec le temps, cette pratique semblait passée de mœurs mais, j'ignore pourquoi, depuis quelques années des mères recommencent à abandonner leurs enfants au château. Mais, en général, elles n'osent pas s'aventurer dans le parc et les laissent à l'entrée.

D'un air pensif, Tianna hocha la tête avant de glisser un coup d'œil vers le berceau où dormait la petite fille.

Garth suivit son regard.

— Et vous, où l'avez-vous trouvée exactement ? s'enquit-il pour juger de sa réaction.

— Dehors, le long de l'allée.

— Et non pas dans la roseraie ?

— Non. En fait, elle était au milieu des primevères.

— Dommage, reprit-il. Quoi qu'il en soit, je ne me sens pas d'humeur à pouponner.

— Et si ce n'était pas une inconnue qui l'avait déposée dans le parc ? demanda-t-elle avec douceur. Et s'il s'agissait d'une femme que vous connaissez ?

Les sourcils froncés, il se cala dans son fauteuil.

— Où voulez-vous en venir ?

Elle se leva, fouilla dans un tiroir et revint, une enveloppe à la main. De là où il était, il sentait les fragrances de son parfum, un parfum de rose qui le hantait depuis le début de la matinée.

— Vous feriez mieux de prendre connaissance de cette lettre, dit-elle en la lui tendant. Je l'ai découverte dans les habits du bébé.

En proie à un malaise croissant, il s'empara de la missive.

— « Mon très cher Garth », lut-il.

Avec un gémissement, il poursuivit sa lecture.

— « Pourquoi m'as-tu fait cela ? Tu n'es jamais revenu me voir, tu ne m'as plus écrit. Je ne sais plus quoi faire. Je n'arrive plus à assumer seule cette maternité, la situation devient trop difficile. J'ai perdu ton amour et ton soutien. Mais ce bébé est le tien autant que le mien. Je te le confie pour que tu en prennes soin. Je t'aime encore et je t'aimerai toujours. Ton petit rayon de soleil. » Jolie tentative, le « petit rayon de soleil », dit-il d'un ton sardonique en repliant la feuille.

Avec une profonde inspiration, il regarda Tianna en face avant d'ajouter :

36

— Je présume que vous avez lu cette lettre.

Elle se mit à rougir, se rendant compte qu'elle avait fait preuve d'une indiscrétion majeure.

— Je… Je suis désolée, balbutia-t-elle. Je pensais…

— Bien sûr, reprit-il, écartant d'un geste ses excuses. Cela n'a aucune importance. En revanche, il est essentiel pour vous de bien comprendre qu'il s'agit d'une mauvaise plaisanterie.

— D'une mauvaise plaisanterie ?

— Bien sûr. J'ignore tout de cette femme. Et je ne suis pas le père de son bébé.

Tianna le dévisagea. Ainsi, il niait tout en bloc. Sans savoir pourquoi, elle s'était persuadée qu'il ferait au moins preuve de remords ou, mieux, s'engagerait à assumer ses responsabilités vis-à-vis de cette malheureuse. Mais tandis qu'elle fixait ses prunelles bleues, elle se rendit compte qu'il n'en avait aucune intention.

Pour la première fois depuis qu'elle avait découvert cette missive, le doute s'insinua dans son esprit. Peut-être avait-il raison ? Peut-être cette enfant n'avait-elle aucun lien de parenté avec lui ? A un certain niveau, elle ne demandait qu'à le croire. Pourtant, la lettre paraissait sincère. Et, en général, les femmes savaient qui étaient le père de leur bébé. Elle ne parvenait pas à imaginer une mère capable de confier sa progéniture à quelqu'un sans être absolument certaine de son fait…

— Je pensais que vous auriez au moins une idée de l'auteur de cette missive, dit-elle en le dévisageant d'un regard pénétrant.

— Non, je l'ignore complètement.

Les sourcils froncés, elle se pencha en avant. La fillette devait être âgée d'environ quatre mois.

— Et si vous remontiez en arrière… Où étiez-vous il y a un an ? C'est sans doute à cette époque que l'enfant a été conçu.

— J'étais à Nabotavia, dit-il froidement. Je combattais les rebelles.

Décontenancée, elle se tassa sur son siège. Cette information jetait une lumière nouvelle sur la situation.

— Mais peut-être cette femme s'y trouvait-elle aussi ?

Il serra les mâchoires.

— Ou peut-être est-elle une fille du coin qui a entendu parler de la légende du Bébé de la Rose et a voulu tenter sa chance…

— Peut-être.

Un bon moment, ils restèrent à se dévisager dans une atmosphère chargée d'étincelles. Soudain, Tianna eut l'impression de manquer d'air. Elle humecta ses lèvres, tentant de masquer son émoi, mais en voyant le regard viril du prince suivre le mouvement de sa langue, elle fut plus troublée encore et dut faire appel à toute sa volonté pour se rappeler l'objet de leur conversation.

— En tout cas, vous n'avez aucun besoin de vous inquiéter de cette question, dit-il enfin avec un léger haussement d'épaules. Je suis certain que la mère va vite être identifiée.

Avec un soupir exaspéré, elle revint à la discussion.

— C'est tout ce que vous avez à déclarer sur le sujet ?

— Qu'aimeriez-vous que je vous dise de plus ?

De plus en plus mal à l'aise, elle détourna la tête.

— Je ne sais pas. Peut-être que vous êtes désolé que ce pauvre bébé ait été abandonné, que vous allez vous démener pour retrouver sa maman. J'ai l'impression que vous vous en moquez !

Et si c'était plus qu'une impression ?

Malgré la tentation, il garda cette réflexion pour lui, devinant qu'il déclencherait ses foudres s'il en faisait état à voix haute. Bien sûr, à un niveau purement humain, il se souciait de cette enfant. Mais elle restait pour lui une abstraction. Dans le grand ordre de l'univers, les femmes qui abandonnaient leurs enfants dans l'espoir de les faire adopter par la famille royale ne le passionnaient pas beaucoup, pourquoi le nier ? Il en avait tant vu ! Seule nouveauté, cette fois-ci, la jeune mère s'était crue obligée d'ajouter une lettre pour compliquer la situation, et Tianna l'avait découverte.

Il devait l'avouer, cette dernière l'intéressait davantage que toutes les femmes qu'il avait connues depuis très longtemps. La plupart de ses semblables se pâmaient en sa présence, lui envoyaient des œillades aguichantes, flirtaient, se répandaient en compliments ridicules pour lui faire comprendre qu'elles adoreraient se retrouver dans ses bras. Mais Tianna était différente. A ses réactions, il devinait qu'elle n'était pas totalement insensible à ses charmes. Mais elle s'efforçait de lui résister. Et, bien sûr, cela attisait son désir d'elle. Il la considérait comme un défi, qu'il rêvait de relever.

Pourtant, il devinait qu'il lui fallait donner l'impression de se préoccuper de ce bébé.

— Si cela peut vous satisfaire, je veux bien confier le cas à un expert, dit-il en sortant son portable.

Composant un numéro, il s'éclaircit la gorge.

— Janus ? J'ai du travail pour vous. Pourriez-vous me retrouver dans mon bureau dans… disons, cinq minutes ? Janus est mon valet de chambre, expliqua-t-il en raccrochant. C'est un homme de confiance. Il va régler la question.

L'œil noir, elle se raidit sur son siège. Elle était déçue de le voir refiler le dossier à un domestique, comme s'il se désintéressait complètement de l'affaire. Il se comportait comme un homme riche et influent qui refusait de se soucier des problèmes des pauvres gens. Cette attitude — typique à ses yeux des membres de la famille royale — était insupportable !

Il se leva.

— Le dîner est servi à 18 heures dans le petit salon.

— Je ne peux pas laisser le bébé.

— Mais si ! Je vous enverrai Bridget, une des servantes, elle s'en occupera. Elle surveille souvent les enfants de Marco.

— Non, vraiment, je ne crois pas que…

— Tianna.

Au ton de sa voix, elle releva la tête. Il n'ajouta pas qu'il était le patron et qu'elle devait se plier à ses volontés, mais l'intonation était claire. Il lui donnait un ordre.

La gorge serrée, elle eut du mal à déglutir. Soudain, elle vit son visage s'adoucir d'un sourire entendu.

— Nous avons besoin de temps pour faire plus ample connaissance, dit-il d'un air teinté de promesses.

Retenant son souffle, elle le regarda quitter la pièce et continua à fixer la porte longtemps après qu'il fut parti.

— Idiote, se reprocha-t-elle. Tu t'es laissé embobiner par ce type. Il t'a hypnotisée. Reprends-toi !

Avec un gémissement, elle se pencha vers le berceau.

Peu d'hommes avaient réussi à percer sa cuirasse intérieure. Et elle s'en félicitait. Elle ne voulait pas tourner comme sa jeune sœur, Jannika. Pendant toute son adolescence, Janni n'avait jamais hésité à faire les quatre cents coups, à sortir en cachette. Elle avait fini par tomber enceinte et par épouser un type que ses parents désapprouvaient. Mais à la naissance du bébé, son irresponsable de mari l'avait abandonnée et Janni avait été contrainte de revenir vivre dans la maison familiale. Pour rien au monde, Tianna n'aurait voulu suivre son exemple et connaître la honte et les regrets de sa cadette.

Toute sa jeunesse, Tianna avait fréquenté des écoles de filles, y compris au collège et au lycée. Les rares fois où elle avait eu l'occasion de rencontrer des représentants du sexe opposé, elle avait dû garder ses distances parce que, officiellement, elle était fiancée.

Pendant très longtemps, ces pseudo-fiançailles l'avaient sans doute protégée de bien des déboires. Mais dès qu'elle avait commencé à suivre des cours de photographie, elle s'était rendu compte que cet engagement était devenu un carcan. Tant qu'elle serait promise au prince de Nabotavia, elle serait liée à la monarchie, à ses devoirs et responsabilités, et n'aurait jamais la possibilité de s'installer à New York pour réaliser son rêve professionnel.

Aussi avait-elle décidé de prendre des distances, de cesser de se considérer comme « promise ». La suite était un classique du genre. Elle n'avait pas tardé à tomber folle amoureuse d'un de ses professeurs, subjuguée par sa maturité et son assurance.

Par chance, elle s'était arrêtée à temps, avant de perdre complètement la tête et de connaître le tragique destin de sa sœur. De toute manière, elle se considérait d'abord et avant tout comme une photographe.

Quoi qu'en pensent ses parents, elle était persuadée d'avoir beaucoup de talent. Elle avait fait quelques expositions, gagné plusieurs prix et avait finalement décroché un emploi à New York. Le jour où son futur employeur lui avait écrit pour lui confirmer son engagement avait été un des plus beaux de sa vie.

Bien entendu, son père s'y était opposé. « Ce travail n'est pas pour toi, avait-il tonné. Et tu va bientôt épouser le prince Garth, de toute façon. »

Elle avait été un peu étonnée qu'il utilise cet argument pour la contrer. Depuis des années, il n'évoquait jamais ces fiançailles. Sa famille ne nourrissait pas des liens très étroits avec la communauté nabotavienne. Aussi Tianna avait-elle fini par penser que cet engagement ne représentait pas grand-chose aux yeux de ses parents non plus. Et elle s'en félicitait. Mais puisque ces fiançailles devenaient un obstacle à la réalisation de son rêve, il lui fallait à présent y mettre un terme. Elle était venue ici pour rompre et devait s'interdire de se laisser distraire de son but par une attirance qui ne pouvait qu'être passagère.

« De toute façon, se dit-elle avec un engouement feint, quand le bébé aura retrouvé sa mère, le prince en aura tellement assez de moi qu'il sera ravi de me voir partir. »

En tout cas, elle l'espérait.

3.

A 18 heures précises, Tianna descendit dans le petit salon. Elle pénétra dans la pièce lentement, appréhendant un danger. Elle était si nerveuse qu'elle ne remarqua pas que le prince Garth la suivait et sursauta quand il prit la parole.

— Bonsoir.

Elle fit volte-face et tenta de ne pas sembler surprise.

— Bonsoir, dit-elle en tirant sur son col.

Pour le dîner, elle avait passé une longue robe moulante, boutonnée jusqu'au cou et ornée de dentelle blanche. Elle n'avait jamais porté ce genre de tenue auparavant, mais, comme elle n'avait pas pensé à emporter beaucoup d'affaires, la cuisinière lui avait conseillé de mettre les vêtements qui se trouvaient dans le placard de la nurserie. Par chance, certaines des précédentes nounous devaient être à peu près de sa taille, à défaut de partager ses goûts vestimentaires.

Le prince était habillé simplement mais avec élégance d'un pantalon de lin bien coupé et d'une chemise blanche qui mettaient en valeur son torse musclé. Il incarnait si bien la virilité que la jeune femme sentit son cœur s'emballer, et elle ne put s'empêcher de reculer tandis qu'il s'avançait vers elle, tant sa séduction lui paraissait dangereuse.

D'un geste, il lui désigna deux fauteuils dans un coin de la pièce.

— Voulez-vous vous asseoir ? Vous aimeriez peut-être prendre un verre avant de passer à table.

— Où sont les autres ? s'enquit-elle en promenant les yeux autour d'elle d'un air suspicieux.

— Il n'y a personne d'autre, répliqua-t-il avec un sourire. Nous ne sommes que deux.

Elle hésita et lui jeta un regard de biais.

— Je ne comprends pas, dit-elle enfin.

Avec un petit rire narquois, il lui saisit la main et la porta à ses lèvres.

— Mais si, bien sûr, vous comprenez très bien. Je vous ai invitée à dîner en tête à tête pour vous séduire. C'est évident. J'ai fait de même avec toutes les nounous qui se sont succédé au château. Il s'agit d'une sorte de cérémonie initiatique, si vous préférez.

Elle le dévisagea d'un œil noir. De nouveau, il se moquait d'elle, mais elle n'allait pas se laisser prendre au piège. Avec hauteur, elle se libéra de son emprise et s'installa dans un des deux fauteuils.

Sans se départir de son sourire ironique, il se tourna vers elle.

— Que désirez-vous boire ? s'enquit-il.

— Je croyais que vous aviez renoncé à l'alcool.

— Exact. Si le cœur vous en dit, Janus vous apportera un verre de porto ou d'autre chose mais, pour ma part, je vais me contenter d'un thé. A ce qu'il paraît, il facilite la digestion.

— Ce breuvage me convient tout à fait.

Elle se pencha avec grâce pour s'emparer de la théière. Surpris, Garth la regarda faire un instant. En général, les nounous ne prenaient pas l'initiative de servir le thé si on ne les en avait pas priées. Il avait l'impression que Tianna se comportait en maîtresse de maison. Elle paraissait d'ailleurs très à l'aise dans ce rôle, comme si elle l'avait tenu toute sa vie. Quelle surprenante jeune femme !

Comme il se laissait choir dans le fauteuil opposé, il se demanda pourquoi elle le troublait si profondément. Il savait très bien qu'il n'était pas le père du bébé dont elle se chargeait à présent avec tant de sérieux. Pourtant, il avait passé la fin de l'après-midi à se torturer la cervelle pour tenter de se remémorer toutes les filles qu'il avait connues un an auparavant, toutes les nuits de beuverie pendant lesquelles il aurait pu oublier ce qu'il avait fait.

Mais à l'époque, il avait rarement eu l'occasion de boire. D'ailleurs, même lorsqu'il lui arrivait d'abuser de la boisson, il n'avait jamais été ivre au point de perdre la maîtrise de lui-même. Voilà pourquoi il était si sûr de lui. Rien ne pouvait lui arriver, aucune mauvaise surprise ne lui tomberait du ciel, aucun « petit rayon de soleil » ne parviendrait à prouver qu'il avait conçu un enfant.

Néanmoins, le regard réprobateur de Tianna l'avait obligé à y réfléchir, à se replonger dans son passé pour s'assurer qu'il était dans le vrai. Depuis le premier instant où il s'était réveillé et l'avait vue dans le kiosque, comme une apparition, comme un personnage échappé de ses rêves, son équilibre intérieur était soumis à rude épreuve. Il grimaça. Ce trouble ne lui ressemblait pas. Il fallait y mettre un terme, se ressaisir.

De toute façon, cette attirance passagère n'avait aucun caractère de gravité. Il avait l'habitude des femmes, les connaissait bien et savait les prendre. Il n'allait pas tarder à maîtriser la situation.

Il accepta la tasse qu'elle lui tendait et la brandit comme pour porter un toast :

— A l'amour et à la beauté, dit-il.

Un éclair traversa les yeux de Tianna et elle leva la sienne.

— Et à l'intégrité, ajouta-t-elle.

Surpris, il en avala de travers.

— Tianna, commença-t-il d'un ton sévère, vous êtes beaucoup trop belle pour jouer les rabat-joie.

Les rabat-joie ! Avec un soupir, elle se cala dans son fauteuil et croisa les bras.

— Il est temps, je crois, de mettre les points sur les i. Vous avez la réputation d'un tombeur, je le sais, mais je ne suis pas une fille facile et je n'ai pas l'intention de vous suivre sur ce terrain.

Malgré la fermeté de son ton, Tianna n'ignorait pas que cette assurance n'était malheureusement qu'une apparence. Chaque fois qu'elle posait les yeux sur Garth, elle avait l'impression d'avancer sur des sables mouvants. Dans son regard viril brillait une lueur espiègle mais aussi autre chose, qu'elle ne parvenait pas à identifier mais qui la rendait nerveuse.

— Ne dites pas « fontaine… », Tianna, lui conseilla-t-il. Sur le long terme, tout est négociable.

— Non, vous avez tort. Je ne transigerai jamais sur certains principes.

Il haussa les épaules. La vie se chargerait de lui prouver le contraire. Avec le temps et un peu d'expérience, elle changerait d'avis.

Quelques instants, ils bavardèrent à bâtons rompus puis Janus apparut, une soupière dans les mains. Agé d'une quarantaine d'années, Janus était grand et bien bâti. Il était passé à la nurserie dans l'après-midi. C'était un homme séduisant aux yeux pétillants d'intelligence. Lorsqu'elle lui avait ouvert, il avait été droit au berceau et avait soulevé le bébé pour lui parler tendrement.

— Je suis sûre que vous êtes vous-même papa, lui avait-elle dit en riant.

Elle-même avait beaucoup appris en observant sa sœur à l'œuvre, sans se rendre compte que ces compétences en puériculture allaient si vite lui être utiles.

— Non, avait-il répondu. Je n'ai jamais été marié. Mais j'ai une ribambelle de neveux et de nièces. Voilà pourquoi je ne me sens pas perdu avec des bambins.

Manifestement, il aimait les enfants et l'idée qu'il allait mener lui-même les recherches mettait un peu de baume au cœur de Tianna.

— Le dîner est servi, annonça-t-il avec un petit salut.

D'un geste galant, le prince Garth offrit son bras à la jeune femme pour la conduire à la table dressée au centre de la pièce. Elle admira les lourds couverts en argent massif, la fine vaisselle en porcelaine de Chine, les verres en cristal et les chandeliers. Janus déposa un velouté de homard dans leurs assiettes, posées sur une nappe de dentelle, avant de rejoindre la cuisine.

— Votre valet m'impressionne beaucoup, confia-t-elle à Garth.

Le prince hocha la tête.

— Janus a de multiples facettes. Non seulement il est efficace dans tous les domaines et me conseille comme personne — il m'a évité bien des erreurs et des soucis — mais il est également un peintre amateur de grand talent. Il consacre à son violon d'Ingres tous ses moments de liberté. Régulièrement, il travaille avec d'autres artistes à Sedona.

Avec un sourire, il ajouta :

— Si vous savez vous y prendre, il acceptera certainement de faire votre portrait.

— Ce serait formidable.

Elle se remémora celui qui ornait la bibliothèque de ses parents. Pour une raison qu'elle n'avait jamais comprise, elle y était représentée en Diane, la déesse de la chasse. Elle avait toujours trouvé ce tableau ridicule.

Mais Garth poursuivait ses commentaires sur son valet.

— Janus a pris soin de moi au moment de la révolution et il m'a amené aux Etats-Unis. Je lui dois la vie, déclara-t-il simplement.

Un long moment, tous deux restèrent silencieux. Tianna se rappelait que les parents du prince avaient été tués quand les rebelles avaient renversé la monarchie. Sans doute était-il très jeune à l'époque. Soudain, une vague de sympathie s'empara d'elle. L'histoire de leur pays était jonchée de tragédies et celle de Garth en était un exemple parmi tant d'autres. Mais à la lueur qui brillait dans son regard, elle devina que ce drame le hantait encore.

— Parlez-moi de vous, dit-il, rompant le silence. Où avez-vous vécu ?

— J'ai grandi près de Seattle, répondit-elle après un instant d'hésitation.

Lui donner trop de précisions risquait de lui mettre la puce à l'oreille. Peu de ressortissants de Nabotavia avaient élu domicile sur la côte Pacifique.

D'ailleurs, elle se demandait parfois si ses parents n'avaient pas profité de cet exil aux Etats-Unis pour prendre leurs distances vis-à-vis de la royauté. Elle et ses frère et sœur avaient été élevés dans une charmante banlieue de Seattle. Mais leur maison ne dépareillait pas dans le quartier. Seuls de rares proches savaient qu'ils faisaient partie de la famille royale. Elle avait connu une enfance normale, similaire à celle de toutes les petites Américaines de son âge. Bien sûr, un majordome dirigeait la maisonnée et ses parents étaient très pointilleux sur tout ce qui concernait la sécurité, mais les domestiques à leur service n'étaient pas plus nombreux que ceux de leurs voisins bien lotis.

Bref, apprendre d'où elle venait amènerait peut-être le prince à se poser des questions. Mais elle refusait de mentir. S'il l'interrogeait, elle assumerait.

Mais il ne parut pas en être surpris outre mesure.

— Cela ne m'étonne pas. Vous êtes assez typique de Seattle.

— Du genre provinciale et un peu étriquée ? s'enquit-elle en riant.

— Pas du tout. Au contraire, vous me semblez très bien élevée, ouverte au monde qui vous entoure et pleine de vie.

A ces mots, elle rougit légèrement. Il avait l'air sincère et elle apprécia.

— Je vous retourne le compliment. Avec votre teint bronzé et vos cheveux ébouriffés, vous avez tout d'un habitant d'Arizona de pure souche, mais je ne suis pas certaine que vous serez flatté de le savoir.

— Et vous m'avez dit être photographe, reprit-il. Parlez-moi de votre métier. Depuis quand l'exercez-vous ?

Comme d'habitude, une fois lancée sur le sujet, elle devint vite intarissable. Garth se cala sur sa chaise, opinant du menton tandis que Janus débarrassait et leur apportait un filet de saumon. Tout en observant la jeune femme, le prince l'écoutait avec une grande attention.

Sa lumineuse beauté et sa spontanéité le fascinaient de plus en plus. Il aimait la façon dont ses yeux brillaient lorsqu'elle parlait de son travail, la passion qui l'animait, la manière dont elle bougeait les mains pour donner plus de poids à ses paroles. Il appréciait le contraste entre l'aspect virginal de sa robe et les courbes généreuses qu'il devinait sous le tissu, la manière dont elle était coiffée, la barrette d'argent qui retenait ses cheveux dorés dont les lourdes boucles tombaient sur ses épaules.

Un instant, il se demanda ce qu'il ferait s'il n'était pas membre de la famille royale. Sortirait-il avec elle ? L'idée était très tentante, il devait l'avouer.

Mais bientôt, il retournerait à Nabotavia pour prendre sa place dans le futur gouvernement de son pays natal. L'année précédente, il avait combattu là-bas pour pousser les rebelles hors du royaume. Il avait cru que renverser ceux qui avaient tué ses parents et volé son enfance l'apaiserait. Mais ce n'avait pas vraiment été le cas. La blessure dans son cœur était toujours là. Peut-être ne guérirait-elle jamais.

— J'aimerais revenir au bébé quelques instants, dit-elle soudain.

Fronçant les sourcils, il sortit de sa rêverie.

— Si vous y tenez…

Elle hocha la tête d'un air résolu.

— Charger Janus de l'enquête était une excellente idée.

— Alors, vous êtes contente ?

— Certainement pas ! s'écria-t-elle, outrée.

A ces mots, il poussa un gros soupir.

— Et pourquoi ?

— Janus est formidable, mais ne voyez-vous pas que vous devriez participer vous-même aux recherches ? D'une façon ou d'une autre, l'existence de cette enfant vous concerne.

La bouche pincée, il commença à tapoter la nappe du bout des doigts.

— Et qu'attendez-vous de moi exactement ?

— Démenez-vous pour retrouver la mère de cette petite fille. Sans doute la connaissez-vous.

— Sûrement pas.

D'une voix passionnée, elle répliqua avec force :

— Comment pouvez-vous l'affirmer alors que vous ignorez qui elle est ?

Les yeux de Garth lancèrent des éclairs.

— Vous êtes l'employée la plus insubordonnée que ce château ait connu.

— Tant mieux. Il était grand temps que quelqu'un vous dise vos quatre vérités, non ?

Un instant ils s'affrontèrent du regard, mais la colère de Garth s'émoussa vite.

— Tianna, reprit-il avec calme. Détendez-vous. Il est inutile de s'énerver à ce sujet. Nous ne sommes pas des ennemis.

Il lui sourit et ajouta :

— Je n'essaie même pas de vous séduire !

— Cette dernière phrase vous trahit. Je ne vous crois pas.

Il se mit à rire et elle l'imita. Il avait raison. Pourquoi se tenait-elle autant sur la défensive avec lui ? Il n'était qu'un homme, après tout.

Avec une profonde inspiration, elle tenta de contenir ses émotions. Elle s'était rendue ici pour s'en faire un allié, pas pour se heurter à lui. Dans l'immédiat, elle devait s'occuper du bébé, mais ensuite elle espérait bien que Garth serait d'accord pour annuler leurs fiançailles. Elle obtiendrait bien davantage de lui si elle le caressait dans le sens du poil. D'ailleurs, elle n'avait rien à craindre.

Puis elle le dévisagea et retomba sur terre. De qui se moquait-elle ? Elle devait évidemment se tenir sur ses gardes. Il était si beau, si séduisant, si charmant, si désirable ! Elle se sentait comme une petite fille privée longtemps de confiseries et se retrouvant devant un paquet de bonbons. Relevant les épaules pour résister à la tentation, elle se tourna vers lui.

— D'accord, dit-elle. On fait la paix ?

Elle lui tendit la main et, sans hésiter, il s'en saisit.

— C'est mon plus cher désir, murmura-t-il d'une voix rauque qui la fit frissonner.

Heureusement, Janus arriva sur ces entrefaites avec le dessert, deux petites coupelles de crème brûlée, et la conversation devint plus légère. Lorsqu'ils eurent terminé leur repas, Garth lui parla de son retour prochain à Nabotavia.

Son enthousiasme la surprit.

— Ne croyez-vous pas que la monarchie a fait son temps ? lui demanda-t-elle. J'ai l'impression que la royauté ne sert plus qu'à faire la fortune des tabloïds.

— Dans certains pays, peut-être, mais il en ira différemment à Nabotavia, répliqua-t-il avec force. Mon frère Marco et moi avons été élevés dans la perspective de gouverner le royaume. Nous allons nous investir totalement dans cette mission et la mener à bien.

— Votre optimisme fait plaisir à entendre. Mais, pour ma part, je n'ai pas l'intention de retourner là-bas. Comme je vous l'ai dit, je suis photographe. J'ai décroché un poste à New York et je compte m'y installer bientôt.

Il la considéra d'un air interrogateur.

— Mais alors pourquoi postuliez-vous pour un emploi de pâtissière ici ?

Alors qu'elle ouvrait la bouche pour répondre, elle s'interrompit soudain. Vu la tournure de la conversation, mieux valait peut-être ne pas le détromper sur ce dernier point, après tout.

— Euh, j'avais besoin de trouver du travail en attendant, improvisa-t-elle, le cœur battant. Prendre soin du bébé quelques jours me convient donc parfaitement.

Un instant, il la dévisagea d'un regard pénétrant. Il se souvenait très bien qu'elle lui avait affirmé qu'elle ne venait pas pour le poste de pâtissière mais elle ne s'était jamais clairement expliquée sur les véritables raisons de sa venue.

— Qui êtes-vous, Tianna ? demanda-t-il doucement, les yeux dans les siens. D'où venez-vous ?

— Je vous l'ai dit, de Seattle.

— Quel est votre nom de famille ? poursuivit-il, l'observant toujours avec curiosité.

— Rose, répondit-elle à contrecœur.

Inquiet, il fronça les sourcils.

— Rose ! N'est-ce pas le diminutif de Roseanova ?

— Rose n'est pas vraiment mon patronyme mais un bout de ce dernier.

Elle ne mentait pas. Officiellement, c'était son avant-dernier nom.

— Tant mieux. J'ai soudain eu peur que vous ne soyez une de mes cousines éloignées.

Il poussa un soupir.

— J'en ai une flopée. Bon nombre d'entre elles arrivent demain, d'ailleurs. Voilà pourquoi tout le monde s'active dans ce château. Pour tout arranger, la moitié du personnel est déjà retournée à Nabotavia, Marco n'est même pas là… Bref, c'est le bazar.

A ces mots, elle se sentit blêmir. Les parentes de Garth avaient toutes les chances d'être également les siennes. Après tout, ils avaient un arrière-arrière-grand-père commun. Si quelqu'un la reconnaissait, elle ne parviendrait plus à jouer cette mascarade. Mais elle s'en soucierait plus tard.

— Où se trouve votre frère ? s'enquit-elle.

— A Dallas, je crois, pour faire la connaissance d'une princesse qu'il doit épouser.

Elle savait que Marco avait perdu tragiquement sa première femme.

— Il a vécu un grand malheur, dit-elle tristement.

— C'est vrai. A présent, il a droit plus que tout autre au bonheur et j'espère qu'il le rencontrera à Dallas.

Visiblement, il ne semblait pas convaincu qu'une telle éventualité soit possible. Il arborait en permanence un insupportable cynisme. Sans doute l'amour n'était-il pour lui qu'une illusion. Et elle ? Y croyait-elle encore ?

— Et vous avez une petite sœur, non ?

Quelques mois auparavant, elle avait été présentée à la princesse Karina. C'était une adorable jeune femme et Tianna avait été ravie de discuter avec elle. Lorsqu'elle lui avait parlé de Garth, Kari avait secoué la tête.

— Ma pauvre ! Nos parents respectifs ont conclu un contrat qui vous engage à vous marier et vous ne vous connaissez même pas ! Cela n'a aucun sens !

— Je partage votre avis, avait répondu Tianna. Et je cherche désespérément à retrouver ma liberté.

— Mon frère sera sans doute votre meilleur allié. Je suis certaine qu'il sera d'accord pour annuler ces fiançailles qui n'en sont pas vraiment.

Le plan de Tianna avait alors germé dans son esprit. Si elle avait une chance d'éviter ce mariage arrangé, il fallait la tenter. Voilà pourquoi elle était venue.

Quand elle avait rencontré Garth, il lui avait paru à la hauteur de sa réputation, très séduisant. Sans doute n'accordait-il pas plus d'importance qu'elle à l'engagement signé en leurs noms par leurs familles. Mais serait-il d'accord pour le jeter au panier ? Une petite voix lui soufflait qu'il ne serait peut-être pas si simple de l'en convaincre. Mais elle devait tout mettre en œuvre pour y parvenir.

En attendant, il était temps pour elle de retourner s'occuper du bébé. Après avoir prié le prince de bien vouloir l'excuser, elle se leva et se dirigea vers la porte.

Garth la suivit, contrarié de la voir partir si tôt. C'était une très belle femme et il commençait à se rendre compte qu'il la désirait intensément, à un point qu'il n'avait jamais

54

connu avec une autre. Il avait envie de l'embrasser, de la déshabiller lentement, de découvrir son corps somptueux à la lueur des bougies, de la caresser jusqu'à ce qu'elle crie de plaisir et le supplie de lui faire l'amour. Il ne lui restait plus qu'à réfléchir au moyen de parvenir à ses fins.

Depuis des années, il était rompu à ces jeux de l'amour et de la séduction. Il les appréciait beaucoup et l'emportait, en général. Mais cette fois, il en irait autrement. Avec cette femme, il devinait que sa stratégie amoureuse habituelle ne fonctionnerait pas. Sans doute devrait-il se donner davantage de mal, jouer la partie à un autre niveau, plus élevé.

— Tianna, dit-il doucement.

Sur le seuil de la porte, elle s'arrêta et se tourna vers lui, le dévisageant de ses grands yeux de chatte. Il lui effleura la joue en fixant sa bouche. Le désir pétillait en lui comme du champagne. Un baiser serait sans doute le sésame, pensa-t-il. Il se pencha doucement vers elle.

— Oh ! s'écria-t-elle soudain. J'ai oublié de vous dire que je crois avoir découvert le prénom du bébé.

Avec un soupir, il recula.

— Quoi ?

Pourquoi s'était-elle écartée au moment fatidique ?

Elle poursuivit :

— Ses vêtements étaient marqués du nom de Marika. N'est-ce pas charmant ?

Elle lui sourit comme si elle s'attendait à ce qu'il partage sa joie.

Garth sentit le sang affluer à ses oreilles, mais, sans paraître le remarquer, Tianna lui souhaita une bonne nuit et s'en alla. Il n'esquissa pas un geste pour la retenir.

Marika. C'était le prénom de sa propre mère, un surnom plutôt, que seuls ses proches utilisaient. Comment une étrangère aurait-elle pu le savoir ?

Il revint dans le petit salon en tremblant. S'agissait-il d'une coïncidence ? Sûrement. Et pourtant...

Un instant, un sentiment funeste l'accabla, mais il se reprit vite. Ce n'était pas possible. Ce bébé ne pouvait pas être de lui.

4.

Tianna eut ensuite tout le temps de réfléchir à la situation. En effet, la petite Marika ne semblait pas très bien faire la différence entre le jour et la nuit. Cela dit, elle n'avait rien d'une enfant difficile — loin de là ! Elle paraissait pleine de vie, débordante d'énergie mais, alors que toute la maisonnée était profondément endormie, elle gardait les yeux grands ouverts et gazouillait en jouant avec ses mains.

Bien sûr, Tianna tenta de la bercer, de marcher en la portant dans ses bras, de lui parler. Pour la calmer, elle essaya même de lui chanter une berceuse. Mais, si elle obtint de grands sourires en guise de remerciement, la petite n'avait visiblement aucune envie de dormir. A la fin, Tianna se contenta d'attendre, assise près d'elle dans le vieux fauteuil à bascule, que ses petites paupières se ferment. Et de repenser à cette étrange journée. Les heures passant, la maison devenait de plus en plus silencieuse, les ombres grandissaient autour d'elle et de sombres pensées vinrent la hanter.

Tout en caressant doucement la fillette, elle promena les yeux autour d'elle. La pièce était très belle avec ces rideaux de velours et ce berceau antique, presque anachronique au milieu de la table à langer et du mobilier de puériculture moderne. Dans un coin de la chambre se trouvait un lit où elle dormirait — du moins, si Marika lui en laissait la possibilité ! En tout cas, elle était confortablement installée.

Mais qu'était-elle venue faire ici ? En arrivant, elle comptait discuter avec le prince Garth pour le convaincre de rompre leurs fiançailles. Et finalement, elle se trouvait à s'occuper d'un bébé qui était probablement l'enfant illégitime du prince ! Les événements prenaient décidément une tournure inattendue.

Cependant, elle savait qu'elle ne devrait pas s'attarder au château. D'ailleurs, elle avait certainement commis une grave erreur en dissimulant sa véritable identité. Mais si elle révélait qui elle était, plus personne ne la laisserait jouer les nounous, et voilà pourquoi elle avait préféré garder le silence. Lorsqu'elle songeait à cette petite fille, son cœur se serrait. Au premier regard, elle s'était sentie irrésistiblement liée à cette enfant.

Sans doute était-ce parce que la fillette était très jolie et de bonne composition. Mais elle devinait que ce n'était pas l'unique raison. Les traumatismes de sa propre enfance expliquaient sans doute tout autant son incroyable attachement pour ce bébé. La vue de cette pauvre petite abandonnée avait réveillé dans son cœur le souvenir d'une sombre époque, et les sentiments de solitude, d'insécurité et d'angoisse qu'elle avait elle-même éprouvés à un âge trop tendre. Elle se remémorait sa peur en ne voyant que des inconnus autour d'elle, et son désespoir à l'idée de ne peut-être jamais retrouver ses parents. Avec un frisson, elle s'efforça de chasser de sa mémoire ces terribles images et contempla l'adorable visage de la petite Marika. Et soudain, elle prit sa décision. Il n'était pas question de laisser cette enfant connaître le triste sort qu'elle avait elle-même affronté autrefois. Elle voulait tout faire pour lui éviter ses propres souffrances.

— Je vais prendre soin de toi, mon chou. Tu es la plus jolie petite fille du monde.

Tendrement, elle serra le bébé contre elle et l'embrassa. S'apercevant que l'enfant se frottait les yeux, elle retint son souffle. Oui ! Enfin, elle fermait les paupières ! Elle s'endormait ! Avec un soupir de soulagement, elle la coucha dans son berceau et rejoignit à son tour les bras de Morphée.

Les premiers rayons du soleil apparurent trop tôt et les gazouillements ravis de Marika annoncèrent l'aube d'une nouvelle journée. Avec un grognement, Tianna se mit péniblement sur son séant. Encore assommée par le manque de sommeil, elle jeta un coup d'œil dans « l'armoire des nounous ». Elle choisit un sweat-shirt et un pantalon marron pour s'habiller. Ils étaient un peu grands pour elle mais, malgré tout, elle se réjouissait d'avoir tant d'affaires à sa disposition. Une fois prête, elle changea Marika et la descendit.

Avec ses planchers en vieux chêne recouverts de tapis persans, ses lourdes draperies aux murs et ses rideaux de velours, le château était magnifique. Les architectes avaient réussi le tour de force de donner l'impression que l'édifice datait de plusieurs siècles.

Des odeurs délicieuses flottaient dans l'air et lorsqu'elle ouvrit la porte de la cuisine, la pièce bourdonnait comme une ruche. Le jour se levait à peine, et pourtant chacun s'activait déjà.

Un grand sourire aux lèvres, Tianna salua le personnel qui s'agitait en tous sens. Puis elle chercha les biberons et le lait en poudre que Milla avait achetés la veille.

Dès qu'elle l'aperçut, Cook lui fit signe d'approcher.

— Comment se porte notre petit ange, ce matin ? lui lança-t-elle par-dessus le brouhaha général.

— Elle n'a pas beaucoup dormi. Pour tout dire, elle n'a pratiquement pas fermé l'œil de la nuit.

— Cela se passera mieux quand elle se sera un peu habituée à l'endroit, la rassura la cuisinière.

Comme Milla demandait la permission de tenir le bébé, Cook fronça les sourcils.

— Pas question ! Aujourd'hui, nous avons du travail par-dessus la tête. Nous attendons du monde cet après-midi, ce n'est donc pas le moment de chômer. Nous sommes déjà en retard. C'est moi qui bercerai cette petite chérie pendant que Tianna se préparera de quoi se restaurer un peu. A présent, va terminer de m'éplucher ces pommes de terre !

Ses réprimandes ne parurent pas beaucoup affecter Milla qui rejoignit Bridget et la nouvelle pâtissière pour une pause café. Penchées au-dessus du bébé, elles la couvèrent d'un regard attendri, jouèrent avec ses petites mains, et embrassèrent le haut de sa tête. Tianna fut touchée de leur réaction. *Comme si Marika était vraiment ma fille*, se dit-elle, troublée. C'était la première fois qu'elle exprimait clairement cette pensée et elle savait qu'elle ne devait pas s'y attarder. Cette enfant n'était pas la sienne et ne le serait jamais. Il lui fallait veiller à ne pas laisser la petite prendre trop d'importance pour elle.

La fillette dans les bras, Cook était manifestement aux anges.

— Savez-vous comment elle s'appelle ? reprit-elle.

— Je crois qu'elle se nomme Marika.

— Marika ? Voilà un vieux prénom typiquement nabotavien. Malheureusement, il n'est plus très à la mode de nos jours.

Elle sourit au bébé.

— Elle est adorable ! J'aimerais vraiment que nous puissions la garder, celle-ci. C'est un amour.

Tianna avait fini de préparer le biberon et lui prit Marika des bras pour la faire boire. Serrer la petite contre elle et la nourrir la remplissait de joie. Elle éprouvait un bonheur pur à s'occuper d'elle, même si elle ne comprenait pas très bien pourquoi.

Une fois le biberon terminé, elle tapotait le dos de Marika dans l'espoir d'un rot quand Janus entra dans la pièce.

— Bonjour, lui dit-elle en souriant. J'espère que vous aurez de la chance aujourd'hui.

— De la chance ?

Il la dévisagea un instant, la mine perplexe, puis comprit.

— Ah, vous voulez parler de mon enquête pour retrouver la mère de ce bébé ! Oui, je vais m'y intéresser de près.

Il s'interrompit pour caresser la joue de Marika en souriant.

— Oui, petite jolie, dit-il d'un air joyeux.

Tianna aimait la façon dont il se comportait avec l'enfant. Il émanait de cet homme quelque chose de rassurant. Il allait résoudre le mystère, et sans doute très rapidement.

La faim commençant à la tenailler, Tianna se tourna vers Cook.

— Où le petit déjeuner est-il servi ? s'enquit-elle.

La cuisinière la regarda curieusement.

— En général, les nounous le prennent ici, avec le personnel, ou dans la nurserie.

Tianna se reprocha d'avoir oublié qu'elle n'était pas considérée comme une princesse dans cette maison. Elle se mordit la lèvre, se demandant comment rattraper sa bévue.

Mais Janus la sauva. Comme il s'apprêtait à tourner les talons, il se frappa le front.

— Pardonnez-moi de ne pas vous l'avoir dit plus tôt, mademoiselle : Sa Majesté est en train de se restaurer dans la salle à manger et vous prie de le rejoindre dès que vous en aurez la possibilité.

— Parfait.

Tianna glissa un œil vers Cook et, comme elle s'y attendait, découvrit un visage désapprobateur. La devinant sur le point de lui donner un bon conseil, Tianna préféra quitter la pièce à la hâte, n'ayant aucune envie de l'entendre pour l'instant.

— Voulez-vous que je m'occupe de la petite pendant que vous prenez votre petit déjeuner ? proposa Milla.

— Non, merci, lui répondit Tianna en s'en allant. Au besoin, je demanderai au prince de la porter.

Elle eut l'impression que tout le monde en resta bouche bée mais, sans s'y attarder, elle s'en alla. Janus la conduisit jusqu'à la salle à manger.

Comme elle entrait, Garth se leva pour l'accueillir. Tianna lui décocha un sourire lumineux.

— Bonjour, dit-elle avec chaleur.

Quand elle croisa son regard, un frisson la parcourut. Il semblait ravi de la voir jusqu'au moment où ses yeux se posèrent sur Marika.

— Pourquoi ne pas confier cette enfant à Bridget ? Elle pourrait la monter à la nurserie. Vous allez avoir du mal à vous restaurer avec un bébé sur les genoux…

— Vous avez raison, dit-elle, remarquant qu'il avait terminé son repas et se détendait devant sa tasse de café. Mais j'ai une meilleure idée. Vous pourriez la prendre.

— Moi ?

— Vous.

Sans lui laisser le temps de réagir, elle lui colla d'autorité la petite fille dans les bras avant de se verser un thé brûlant.

Un instant, il resta stupéfait, puis appela son valet.

— Janus, je vous en prie, débarrassez-moi vite de ce…

— Désolé, Votre Majesté, répliqua l'homme avec un sourire. Je dois attraper Homer au vol avant qu'il ne parte faire réviser la voiture, pour lui rappeler de faire contrôler le changement de vitesse, comme vous me l'aviez demandé.

— Ah oui, c'est vrai.

Garth regarda Janus quitter la pièce comme un naufragé voyant un bateau passer sans s'arrêter. Il tenait Marika comme si elle était contagieuse.

— Tianna, c'est ridicule ! gémit-il.

D'un bref coup d'œil, Tianna s'assura qu'il ne risquait pas de laisser tomber l'enfant et ignora ses protestations. Avec appétit, elle s'attaqua à son assiette.

— Détendez-vous. Elle ne va pas vous mordre.

Il finit par s'installer avec raideur sur sa chaise, tenant la petite à bout de bras. La fillette le dévisagea de ses grands yeux bleus et éclata de rire.

Tout en se régalant de ses œufs au bacon, Tianna l'observait avec un amusement croissant.

— Que reprochez-vous donc à cet adorable poupon ? lui dit-elle.

— Je n'en sais rien. Je n'aime pas trop les bébés. Ils ne font que pleurer, ils sentent mauvais, ils veulent qu'on s'occupe d'eux…

— Ils sourient, ils rient, ils sont mignons…

— Ils recrachent leur lait.

— Oui, parfois, mais…

— Elle le fait, là ! hurla-t-il, horrifié. Prenez-la vite !

Tianna sauta sur ses pieds mais, au lieu d'obtempérer, elle s'empara d'une serviette propre, l'étendit sur l'épaule de Garth et lui dit :

— Voilà, tapotez-lui le dos pour lui permettre de faire son rot.

— De faire son rot ? répéta-t-il comme si elle parlait une langue étrangère.

— Oui, comme cela.

Lui saisissant la main, elle lui montra le geste. D'un air révolté, Garth l'imita, d'abord à contrecœur puis de meilleure grâce. Lentement, imperceptiblement, il commençait à trouver ses marques, à se débrouiller.

Tianna acheva son petit déjeuner mais elle observait Garth qui s'efforçait de contenter la petite fille. Il fronçait toujours les sourcils, sans doute aurait-il préféré être ailleurs, mais peu à peu il se détendait. Soudain, le bébé se mit à pleurer.

Et c'est alors que quelque chose de magique se produisit. Un instant, le prince Garth oublia qui il était et murmura des paroles apaisantes à l'oreille de l'enfant.

Tianna retint son souffle. Avait-elle bien entendu ? Chuchotait-il réellement à Marika « tout va bien, ma puce » ?

Veillant à ne pas le regarder, elle se mordit la lèvre pour qu'il ne voie pas son hilarité. Mais il se répétait ! Elle eut beau appuyer sa serviette contre sa bouche pour se maîtriser, elle ne put retenir un sourire.

— Qu'y a-t-il de si drôle ? grommela-t-il.

— Personne ne rit ! prétendit-elle d'un air innocent.

Il la regarda avec fureur mais, à cet instant précis, un petit rot sortit de la bouche du bébé, qui parut assourdissant dans la pièce silencieuse, et tous deux éclatèrent de rire.

Bridget apparut alors sur le seuil de la porte. En voyant Garth serrer la petite fille contre lui, ses yeux s'agrandirent comme des soucoupes.

— La cuisinière m'envoie m'assurer que vous n'avez pas besoin d'aide avec Marika, dit-elle.

— Merci, Bridget, répondit Tianna, prenant les choses en main comme si donner des ordres aux domestiques lui était naturel. Je pense en effet que Son Altesse a suffisamment contribué aux soins de la petite pour la matinée. Vous seriez gentille de l'emmener à la nurserie et de la bercer jusqu'à ce que je monte. J'ai encore quelques points à discuter avec Son Altesse mais cela ne me demandera pas beaucoup de temps.

— Bien, mademoiselle.

64

Quand la jeune servante lui prit l'enfant des bras, Garth se détendit enfin.

Quelle aventure ! Personne ne lui avait jamais confié un nourrisson auparavant. Pourtant, il devait reconnaître que sentir cette petite vie contre lui, si fragile, si vulnérable, lui avait paru étrange et surtout émouvant. Cela dit, il espérait ne pas avoir à réitérer l'expérience et il se félicitait de l'arrivée de Bridget.

— A présent, parlons sérieusement, reprit Tianna, les yeux brillants. J'aimerais revenir sur la mère de Marika.

— Janus se charge de l'enquête, lui rappela-t-il avec un soupir.

— Je sais. Mais je me demandais si nous ne pourrions pas nous rendre nous-mêmes en ville, dans les endroits où les Nabotaviens ont l'habitude de se retrouver, pour interroger les gens…

— Tianna…

Il s'empara de sa longue main et la serra dans la sienne. Aux traits soucieux de son visage, à son ton passionné, il était évident que le sort du bébé lui tenait à cœur.

— Pourquoi vous préoccupez-vous autant de cette enfant ? s'enquit-il en cherchant ses yeux.

Déstabilisée, elle se libéra de son emprise et fit mine de boire une gorgée de jus d'orange pour se donner le temps de reprendre contenance.

— La véritable question est : pourquoi vous en désinté-ressez-vous autant ? répliqua-t-elle.

— Mais parce que je ne suis pas son père.

La veille au soir, après avoir entendu le prénom de la petite fille, il avait été traversé d'un doute. La coïncidence paraissait trop étrange pour être le simple fruit du hasard. Mais à une époque, Marika avait été un nom très répandu à

Nabotavia. D'ailleurs, il ne voyait pas comment il pouvait en être autrement.

— Comment osez-vous l'affirmer ?

— Parce que je le sais ! Que puis-je vous dire de plus ?

Elle secoua la tête et il suivit du regard le mouvement de ses cheveux bouclés, la manière dont de petites mèches folles caressaient son cou gracieux au passage. Il ne comprenait pas comment une de ses employées parvenait à le troubler à ce point. Cette femme le touchait, l'émouvait. Il la désirait. Fronçant les sourcils, il chassa cette idée saugrenue de sa tête. Ce n'était pas le moment de se laisser aller à des rêveries érotiques. Il devinait qu'elle s'apprêtait à avancer sur un terrain mouvant.

D'un air gêné, elle se tordit les mains et regarda la nappe.

— Etes-vous en train d'insinuer qu'une telle éventualité serait impossible ? demanda-t-elle d'une voix hésitante.

Il devina où elle voulait en venir mais refusa de l'aider.

— D'une certaine façon, oui…

Elle battit des paupières.

— Etes-vous… incapable de procréer ?

Comme elle levait les yeux vers lui, il faillit éclater de rire. En tout cas, elle ne manquait pas de cran. Elle n'avait pourtant pas à se sentir embarrassée. Aborder le sujet ne l'ennuyait pas. Mais il ne put résister à l'envie de la taquiner.

— Tianna, votre question me surprend. Vous abordez un domaine très personnel, je dirais même intime.

Le rouge qui envahit ses joues ne la rendit que plus séduisante aux yeux de Garth.

— C'est vrai, mais si je me suis permis de vous interroger, c'est parce que…

— Je sais, je sais. Vous vous sentez concernée par le sort de ce bébé.

Elle prit une profonde inspiration et parut soulagée.

— Oui. Mais vous ne m'avez pas répondu.

— Venez, dit-il en se levant et en lui prenant la main. J'aimerais fumer une cigarette à l'extérieur.

— Vous avez tort, remarqua-t-elle. Le tabac est dangereux pour la santé.

Mais, docilement, elle le suivit sur la terrasse. De ces hauteurs, la vue était superbe et elle admira le parc luxuriant tranchant avec l'aridité du paysage d'Arizona. La jeune femme s'imprégna de la beauté de cette nature si différente de celle des environs de Seattle, toute en montagnes. Garth se tenait silencieusement près d'elle. Elle avait beau s'efforcer de ne pas le regarder, il semblait occuper tout l'espace. Peut-être vaudrait-il mieux lui faire face, se dit-elle, et d'un air déterminé, elle leva les yeux vers lui.

— Vous n'avez toujours pas répondu à ma question, répéta-t-elle.

Il se mit à rire.

— Ne vous inquiétez pas sur ma capacité à assurer la pérennité du nom, Tianna. Je n'ai aucun souci de ce côté-là.

Accoudé au garde-fou, il se tourna vers elle et la dévisagea, une lueur dans les yeux.

— Je n'ai aucun moyen de vous le prouver mais je ne suis pas le père de ce bébé.

De nouveau, elle fit mine de se perdre dans la contemplation des collines.

— Peut-être ne vous en souvenez-vous pas, tout simplement, suggéra-t-elle. Peut-être aviez-vous bu ce jour-là et…

— Je ne suis pas un alcoolique, Tianna !

Il l'affirma avec calme mais elle devina sa colère croissante.

— L'autre soir, j'ai un peu abusé du vin, c'est vrai, mais cela ne m'était pas arrivé depuis très longtemps.

Furieux de se trouver dans l'obligation de se justifier, il poursuivit :

— Croyez ce que vous voulez, conclut-il sèchement. Marika n'est pas ma fille. Je n'ai pas l'intention d'avoir une progéniture en dehors des liens sacrés du mariage. A ce que j'ai constaté autour de moi, les enfants illégitimes ne font du bien à personne.

— Et vous n'avez jamais été marié ? dit-elle pour s'entendre confirmer l'évidence.

— Non. En revanche, je suis fiancé.

— Fiancé ?

Lentement, elle se tourna vers lui et sentit le rouge envahir ses joues.

Il fronça les sourcils, se demandant pourquoi il avait mis le sujet sur le tapis.

— Officiellement, oui, ajouta-t-il très vite. Il s'agit d'un accord que mes parents ont signé il y a très longtemps. Je n'aurais pas dû y faire allusion.

De nouveau, elle semblait déterminée. Il n'avait jamais connu de femme si incapable de dissimuler ses émotions. Et pour une raison incompréhensible, il trouvait ce trait de caractère absolument charmant, même si ce qu'elle éprouvait envers lui était souvent négatif.

— Non, je suis contente que vous l'ayez fait, dit-elle en lui jetant un regard oblique. C'est intéressant. Qui est l'heureuse élue ?

Il haussa les épaules comme s'il ne valait pas la peine de s'étendre sur le sujet.

— Une princesse sans importance. Elle vient de l'ouest de Nabotavia. Vous n'avez sans doute jamais entendu parler d'elle.

— Une princesse sans importance, répéta Tianna, détournant la tête pour lui dissimuler les flammes de colère qui traversaient ses yeux.

Quel goujat !

— C'est fascinant, reprit-elle. Avez-vous déjà fixé la date du mariage ?

— Euh… non, pas vraiment.

Il regretta d'avoir abordé la question.

— Je ne dois pas l'épouser avant plusieurs années. Je crois qu'elle est trop jeune ou quelque chose comme ça.

Avec un soupir, il fouilla dans ses poches à la recherche de son paquet de cigarettes. Il ne savait pas pourquoi mais il éprouvait une irrésistible envie de fumer. Un malaise croissant s'emparait de lui. Pourquoi lui avait-il parlé de ses fiançailles ?

— Apparemment, vous n'êtes donc pas pressé de lui passer la bague au doigt, dit-elle, un air de défi dans le regard.

A ces mots, il éclata de rire.

— Vous voulez rire ! Croyez-vous que je sois de l'étoffe dont on fait les maris ?

Elle pencha la tête et fit mine de peser la question.

— Je n'en sais rien. Une femme à la hauteur arriverait peut-être à faire de vous un homme digne de ce nom.

Surpris, il haussa un sourcil. Personne n'avait jamais mis en doute ses capacités et encore moins sa virilité.

Devinant qu'elle avait froissé son orgueil, elle enfonça le clou.

— Un homme mature, un homme prêt à prendre son existence à bras-le-corps au lieu de la fuir.

Furieux, il répéta :

— De la fuir ? Ecoutez, Tianna Rose, je connais infiniment mieux la vie que vous. J'ai beaucoup d'expérience et…

— Quel dommage que vous n'en ayez rien appris, rétorqua-t-elle. Par exemple, ignorez-vous que ce que vous tenez dans les mains est du poison ?

Elle désignait son paquet de cigarettes.

— Mais non ! Je suis en train de me défaire du tabac. C'est mon dernier paquet.

Elle avait déjà entendu l'argument. Son père avait juré mille fois qu'il cesserait de fumer. Le jour où il avait tenu parole, toute la famille avait sablé l'événement au champagne.

— Je viens de l'ouest de Nabotavia, comme vous le savez, reprit-elle en se demandant si insister sur ses origines n'était pas une erreur.

Elle n'avait aucune envie de lui dévoiler sa véritable identité. Pas encore. Mais en même temps, le fait qu'il considère sa fiancée officielle comme une princesse « sans importance » la rendait folle de rage.

— Ah oui, une Ouesty, dit-il, utilisant le sobriquet désignant les gens de l'Ouest.

— Non, pas une Ouesty, dit-elle froidement. Une Nabotavienne de la Rose blanche.

— D'accord, concéda-t-il avec un sourire charmeur. D'ailleurs, si ma promise, qui vient de la même région, vous ressemble, je ne m'estimerais pas trop mal loti.

Elle détourna la tête, ne sachant comment réagir à ce double compliment involontaire. Dommage qu'elle ne puisse lui montrer ouvertement sa colère sans se trahir.

— Que savez-vous d'elle ?

— Pas grand-chose. A ce que j'ai entendu dire, c'est une femme d'intérieur un peu têtue, détestant s'amuser…

Avec un rire comique, il ouvrit son paquet de cigarettes.

— Bref, elle n'est en rien faite pour moi.

Réprimant l'envie de lui tordre le cou, elle l'interrogea plus avant.

— Vous vous êtes donc un peu renseigné sur elle ?

Il chercha un briquet dans ses poches.

— En fait, Marco m'encourage à aller la voir, pour faire connaissance. Il m'a dit qu'elle était « très jolie ». Cela dit, quand Marco qualifie une femme de « très jolie » sur ce ton-là, on peut craindre le pire. Je suis sûre qu'elle est laide comme un pou et complètement idiote.

Oh ! L'envie de lui lancer quelque chose au visage la tenaillait. Cette pulsion était d'une incroyable force. Elle promena les yeux autour d'elle, cherchant un projectile, et remarqua le paquet de cigarettes que Garth avait laissé sur la rambarde. Lentement, délibérément, elle s'en saisit et le réduisit en boule avant de le lancer en l'air. Habitée par un sentiment de triomphe, elle se pencha sur le garde-fou pour le voir tomber dans la rivière en contrebas.

— Tianna, murmura Garth en la dévisageant d'un air étrange.

— Pardonnez-moi, c'était un accident, prétendit-elle.

— Non, répliqua-t-il, fasciné. Vous l'avez fait exprès.

Levant la tête, elle le défia du regard.

— Pas du tout.

— Si, insista-t-il, riant à moitié. Vous avez volontairement jeté mes cigarettes à l'eau, petite diablesse !

— Je suis désolée.

— Mais vous ne regrettez rien du tout.

Effrayée par la lueur qui brillait dans ses yeux, elle recula. Mais il avançait vers elle.

— Et j'exige une compensation immédiate, reprit-il. C'est une question d'honneur. Il en va du respect qui m'est dû.

Commençant à se demander avec inquiétude ce qu'il avait derrière la tête, elle le dévisagea froidement et s'apprêta à tourner les talons.

— Je m'en vais, dit-elle, le souffle court. A plus tard.

Mais elle n'avait pas fait deux pas qu'il la plaqua contre le mur.

— Vous n'irez nulle part tant que vous n'aurez pas réglé votre dette, répliqua-t-il, les yeux pétillant de malice. Maintenant, je vous tiens.

Les deux mains posées sur le mur, il la tenait effectivement à sa merci.

— Que vais-je exiger pour me venger ? demanda-t-il d'une voix moqueuse.

— Laissez-moi immédiatement partir, Votre Altesse ! lui ordonna-t-elle avec une autorité inhabituelle pour une domestique s'adressant à son employeur.

— Oh, non ! Sûrement pas.

— Ecoutez, je suis vraiment désolée à propos de vos cigarettes. Je vous en achèterai d'autres.

— Je peux me passer de tabac mais, dans d'autres domaines, je suis très dépendant, dit-il d'un ton rauque, provocateur.

Recouvrant ses esprits, elle tenta de le repousser.

— Maintenant, ça suffit, laissez-moi partir !

Il se pencha davantage. Il était si proche, à présent, qu'elle sentait les effluves de son eau de toilette chatouiller ses narines.

Et soudain, la bouche de Garth s'empara de la sienne et elle perdit pied.

Elle n'avait pas voulu que cela se produise mais, dès qu'il colla ses lèvres aux siennes, elle fut incapable de le repousser. Elle avait déjà été embrassée auparavant. Mais cette fois-ci, ce baiser lui parut infiniment plus intense que ce qu'elle avait connu. Leurs bouches, leurs langues, leurs souffles, s'accordaient à la perfection. Leurs corps aussi semblaient s'emboîter, comme s'ils avaient été faits l'un pour l'autre. Noyée, elle s'abandonna à sa chaleur, à sa douceur, avec un petit gémissement de plaisir.

Voilà très longtemps que Garth n'avait pas perdu la tête pour une femme. En réalité, même en cherchant bien, il ne se rappelait pas avoir été épris à ce point auparavant. Dans toutes ses aventures amoureuses, il avait toujours eu l'impression qu'une part de lui-même ne s'impliquait pas complètement. Il restait détaché, observant les événements avec cynisme, attendant le moment où, fatalement, l'autre se dévoilerait, révélerait sa véritable nature, où le vernis s'écaillerait et ferait tout exploser en éclats. Il n'avait jamais été véritablement amoureux. A ses yeux, l'amour était une bonne excuse dont se servaient les gens pour faire n'importe quoi. Etre amoureux signifiait perdre le contrôle. Et il s'efforçait toujours de garder la maîtrise des événements.

Pourtant, cette femme chaleureuse et merveilleuse le troublait. Ce simple baiser lui avait donné plus de satisfaction et de gratification que beaucoup de relations sexuelles passées. Pendant un moment, il se perdit dans la magie de ses cheveux dorés, le parfum sucré de sa peau, de sa bouche affamée. Mais soudain, il prit conscience de ce qu'il était en train de faire et recouvra ses esprits.

Te rends-tu compte que tu es en train d'embrasser une domestique ?

Brutalement dégrisé, il bondit en arrière et la dévisagea.

Elle le fixa à son tour.

— Seigneur ! s'exclama-t-elle, le cœur battant la chamade. Nous ferions mieux de ne jamais recommencer.

De nouveau, il la regarda puis se mit à rire. Elle en profita pour se libérer de son emprise et s'échapper. Lorsqu'elle atteignit les portes-fenêtres, elle tourna la tête. Il s'esclaffait toujours et elle se hâta vers la nurserie, le cœur affolé.

Elle tremblait de tous ses membres. Aucun baiser ne l'avait jamais mise dans un tel état. Que lui arrivait-il ? Sur le seuil de la nurserie, elle s'arrêta et prit une profonde inspiration pour se calmer. Elle devait se concentrer sur Marika. Seule cette petite fille lui importait. Embrasser le prince sur la terrasse ne pouvait que compliquer la situation. Si elle n'y prenait garde, elle allait finir par tomber amoureuse de l'homme qu'elle s'était juré de ne jamais épouser !

5.

Tianna regarda Janus soulever Marika dans ses bras et lui embrasser le ventre, avant de la faire sauter en l'air. Ravie, la petite riait aux éclats. Voir cet homme s'amuser avec un bébé était merveilleux. Dommage que Garth ne se comporte pas ainsi avec la petite fille.

— Ne pensez-vous pas que prévenir la police serait une bonne idée ? lui demanda-t-elle. Ils pourraient au moins interroger le voisinage de manière approfondie et…

— Pas question, riposta-t-il d'un ton sans réplique, en cessant de faire voltiger la fillette.

Il revenait de Flagstaff mais, malheureusement, n'avait trouvé aucune piste susceptible de faire progresser l'enquête. Cependant, il avait pris quelques contacts et devait rappeler certaines personnes qui parviendraient peut-être à l'aider. Mais vu la lenteur avec laquelle évoluait la situation, Tianna avait envie de s'arracher les cheveux.

— Que reprochez-vous aux autorités ? poursuivit-elle.

Avant de répondre, Janus reposa Marika dans son berceau.

— Elles ne doivent pas être impliquées, répéta-t-il. Mieux vaut traiter le problème par nous-mêmes.

Tianna aurait voulu en discuter mais préféra s'en abstenir. Ce n'était pas le moment.

75

— Aujourd'hui, je vais donner à Marika son premier vrai bain, lui apprit-elle. Et je me sens un peu nerveuse à ce sujet.

Il sourit.

— Vous vous en tirerez très bien, j'en suis sûr. Mais surtout, ne la laissez pas seule dans la baignoire, même un instant !

— Oh non, bien sûr que non !

Il semblait s'y connaître en bébés. C'était un homme rassurant. Et Tianna était certaine qu'il se démenait pour retrouver la mère de Marika. Elle aurait aimé l'aider dans ses recherches, mais sans doute n'aurait-elle fait que le gêner. Il savait certainement mieux qu'elle ce qu'il convenait de faire.

Pourtant, le temps passait. Elle ne pourrait pas rester au château éternellement en se faisant passer pour une nounou. Dans la matinée, elle avait appelé sa sœur, Janni, au courant de son aventure, pour lui expliquer l'évolution de la situation et lui apprendre qu'elle ne serait pas revenue à la maison dans le courant de la semaine comme il était initialement prévu.

— Je compte sur toi pour me couvrir si les parents se posent des questions, lui avait-elle dit.

— Bien sûr. Tu m'as rendu ce service si souvent dans le passé que je peux bien te renvoyer l'ascenseur à présent.

Tianna se demandait si elle avait vraiment rendu service à sa sœur en s'arrangeant pour que personne ne soupçonne ses frasques.

— Mais as-tu déjà rompu tes fiançailles. ? reprit Janni.

— Non, pas encore. Je dois d'abord me préoccuper du sort de ce bébé, répondit-elle avec un soupir. Dès que le prince Garth saura qui je suis et pourquoi je suis venue, il me mettra immédiatement à la porte de chez lui. Et je ne pourrai alors plus rien pour cette petite fille.

— Alors ? Raconte-moi, comment tu le trouves ?

— Euh…

— J'ai entendu dire qu'il était très beau et très séduisant. Tu confirmes ?

— Euh…oui, c'est tout à fait vrai.

Il y eut un silence puis Janni émit un petit cri.

— Tu es tombée amoureuse de lui !

— Non !

— J'en suis certaine ! Oh, c'est trop drôle !

— Pas du tout ! Et je vais annuler notre engagement, même s'il doit m'étrangler.

— Bien sûr, bien sûr, mais pas tout de suite…, dit-elle d'un air entendu.

Tianna ne comprenait pas pourquoi sa sœur, adorable par ailleurs, pouvait parfois se montrer si énervante. Elle abrégea la conversation et retourna s'occuper de Marika.

Une heure plus tard, Janus revint lui donner les résultats de ses recherches. Il n'avait pas progressé d'un pouce.

— Que se passera-t-il si nous ne parvenons pas à retrouver la mère de Marika ? s'interrogea alors Tianna.

Manifestement aussi accablé qu'elle par cette perspective, Janus soupira.

— Elle sera sans doute envoyée à l'orphelinat. Je ne vois aucune autre alternative…

Non, pensa-t-elle en se tournant vers le vieux berceau avec un frisson. Pas question.

— Janus, dites-moi la vérité. Croyez-vous que Marika soit la fille du prince ?

Il parut choqué. Peut-être n'était-il pas au courant de tous les détails qui l'avaient poussée à se poser cette question. Mais ce n'était pas le moment de tourner autour du pot.

— Pardonnez-moi d'être aussi directe et peut-être inconvenante, dit-elle très vite. Mais je me suis vraiment attachée à cette enfant et je me soucie d'elle. Certaines rumeurs ont circulé, stipulant que le prince Garth pourrait être son père, et je vous demande seulement si, d'après vous, cette éventualité est possible.

Visiblement mal à l'aise, Janus s'éclaircit la gorge et croisa les bras sur son torse.

— Je n'en sais rien, mademoiselle. Mais j'aimerais vous dire ceci : s'il est vrai que le prince Garth a connu une période de libertinage, celle-ci fut très brève, en réalité. A une époque, lorsqu'il faisait ses premiers pas sur la scène internationale, il a peut-être été grisé par cette existence trop facile. L'alcool et les jolies femmes l'ont parfois détourné du droit chemin. Mais actuellement, il boit rarement plus qu'un verre de vin au dîner. Quant à ses conquêtes féminines…

Il haussa les épaules.

— Elles n'ont pas été très nombreuses depuis deux ou trois ans.

Il la regarda avec honnêteté.

— Je le connais depuis toujours et je peux vous affirmer sans l'ombre d'une hésitation qu'il est droit. C'est un honnête homme. Cela ne répond peut-être pas exactement à la question, mais je ne peux pas mieux faire.

Instinctivement, Tianna devinait que ce qu'il venait de lui confier était exact. Le prince était intègre, malgré sa réputation de coureur de jupons. D'ailleurs, comme Garth persistait à répéter qu'il n'était pas le père de Marika, il était peut-être temps de cesser de l'accuser du contraire. S'il avait pensé être le géniteur de ce bébé, il aurait très certainement assumé ses responsabilités, quel qu'en fût le prix. A présent, elle commençait à le croire.

Soudain, elle fronça les sourcils, se demandant si son opinion avait évolué parce qu'il l'avait embrassée, et qu'elle avait aimé leur baiser. Lui accordait-elle le bénéfice du doute parce qu'il le méritait ou parce qu'elle était tombée amoureuse de lui ? Comment le savoir ?

Le prince Garth frappa à la porte de la nurserie. Il ne comprenait pas pourquoi il y était monté. Il avait de la correspondance en retard, et des coups de fil à passer. En d'autres termes, il avait du travail. Mais depuis plusieurs heures, il tentait de se plonger dans ses dossiers et devait avouer qu'il avait été incapable de se concentrer. Tianna le hantait.

Quand il ouvrit la porte, il fut surpris de découvrir son valet dans la pièce. Puis son regard se posa sur Tianna. Dans ses yeux émeraude, il remarqua une lueur complice qui lui fit plaisir. Comme lui, elle se rappelait ce qui s'était passé sur la terrasse. Quelque chose avait changé entre eux.

Il se passa la main dans les cheveux.

— Je…euh… Je venais voir comment se porte le bébé, dit-il, sachant que l'argument n'était crédible pour personne.

Mais à la vue du visage illuminé de bonheur de Tianna, il se sentit beaucoup mieux.

Son valet esquissa un mouvement de retrait.

— Si vous n'avez pas besoin de moi, Votre Altesse, je vous laisse pour essayer de joindre des personnes qui m'aideront, j'espère, dans mon enquête à propos de la mère de Marika.

— Bien sûr. Faites ce que vous avez à faire.

Janus hésita.

— Mademoiselle Rose, si vous craignez toujours de donner le bain à la petite, le prince pourra peut-être vous prêter main-forte.

— Bonne idée, répondit-elle.

Avec un sourire entendu à son employeur, Janus quitta la nurserie.

Garth hocha la tête mais son attention était focalisée sur Tianna. Il la devinait un peu nerveuse. Sans doute appréhendait-elle de se retrouver seule avec lui. A vrai dire, il partageait la même excitation mêlée d'inquiétude.

Manifestement gênée, elle se pencha vers le berceau.

— Marika, dit-elle. Regarde qui vient te rendre visite.

A son tour, il s'approcha du petit lit comme elle semblait l'encourager à le faire.

La fillette se tourna vers lui pour le dévisager de ses grands yeux.

— Salut, Marika, tu me reconnais ?

Marika. Ce prénom le fit revenir vingt ans en arrière.

« Marika, disait son père à sa si jolie femme. « Ma chérie, je te jure qu'il ne nous arrivera rien. Nous sommes en sécurité. Fais-moi confiance. »

Sa mère avait alors noué ses bras autour de lui, son petit garçon, et l'avait serré contre elle tandis que le roi les enlaçait d'un air protecteur. Garth se remémora le parfum de rose que sa mère portait toujours et la douceur du baiser qu'elle avait posé sur sa joue. Il ne leur arriverait rien. Son père l'avait promis.

Malheureusement, ce dernier n'avait pas tenu sa parole. Quelques jours plus tard, ses parents avaient été tués. Une vieille douleur familière le saisit mais, très vite, la colère prit sa place et, sans y penser, il serra les poings.

— Qu'est-ce qui ne va pas ? demanda Tianna.

Il revint au présent.

— Rien, dit-il en secouant la tête.

Avec douceur, elle posa sa main sur son bras et le dévisagea avec attention.

— Si, insista-t-elle, je le vois bien. Etes-vous souffrant ? Triste ? Que se passe-t-il ?

Surpris, il plongea dans les mystérieuses profondeurs de ses yeux. Il y lut une réelle inquiétude. Il ne s'agissait pas d'un réflexe mondain, elle se souciait vraiment de lui. Cela le toucha au cœur, si profondément que sa gorge se serra.

Puis le désir de l'embrasser à nouveau le submergea. A présent, il ne pouvait plus la regarder sans avoir envie de la

80

prendre contre lui, de la caresser. Comme il s'avançait vers elle, elle secoua presque imperceptiblement la tête.

Il s'arrêta net. Elle avait raison, bien sûr. Tenter le diable avec le lit si près était certainement une erreur. D'ailleurs, il devait absolument retourner travailler.

Dans son berceau, Marika babillait et il se pencha vers elle en souriant. La petite fille saisit un de ses doigts et le porta à sa bouche. Ses mains minuscules et potelées s'accrochaient à la sienne de toutes leurs forces.

Il se mit à rire et Tianna vint près de lui pour le regarder jouer avec la petite. La veille, il avait refusé de la porter. Quel progrès !

— Prince Garth, si nous ne réussissons pas à retrouver la mère de Marika, et puisque vous n'avez rien à voir avec elle, que va devenir cette enfant ?

— Elle sera placée à l'orphelinat de Nabotavia, bien sûr, répondit-il sans hésiter. Il est là pour cela.

Elle poussa un soupir. Janus et le prince lui avaient donné la même réponse. Elle avait donc peu d'espoir d'obtenir une autre solution et cela lui causait du souci. Un moment, elle avait envisagé l'éventualité d'adopter elle-même la petite Marika, mais après un instant de réflexion, elle avait dû se rendre à l'évidence. Elle n'en avait pas la possibilité. Bientôt, elle allait emménager à New York pour y entamer une carrière de photographe. Elle ne pouvait pas se charger d'un bébé.

Peut-être sa sœur accepterait-elle de… ? Non. Janni avait déjà du mal à s'en sortir avec son petit garçon, et élever seule un enfant chez ses parents n'était pas une sinécure, loin de là ! Ces derniers étaient merveilleux et très aimants, mais ils désapprouvaient les erreurs de Janni et ne rataient jamais une occasion de le lui faire savoir. Tianna n'avait aucune envie de partager le sort de sa cadette.

— Après son bain, je vais mettre Marika dans son landau pour la promener dans le parc, reprit-elle. Cela lui fera du bien de prendre l'air. Aimeriez-vous nous accompagner ?

— J'adorerais, répondit-il, mais mes cousines ne devraient plus tarder et j'ai du travail à finir avant leur arrivée.

— Oh, oui, bien sûr.

Elle avait complètement oublié la venue de sa famille. Pourtant, elle avait vu toute la journée les domestiques s'affairer à aérer les pièces et à faire le ménage. Elle devrait veiller à ne pas se montrer quand les invitées seraient là.

— Combien de personnes attendez-vous ?

Il haussa les épaules.

— Elles semblent incapables de se déplacer sans une meute d'amies et connaissances. Je pense donc qu'elles seront nombreuses. Mais elles ne passeront qu'une nuit au château. Demain matin, elles se lèveront aux aurores pour se rendre au Nouveau-Mexique. A ce que j'ai compris, elles veulent assister à un spectacle de danses indiennes et en profiter pour acheter des turquoises.

— Bien. Je ferais mieux d'emmener Marika pour une longue balade et de demeurer ensuite dans la nurserie.

Il s'apprêtait à lui demander pourquoi elle tenait à rester hors de vue quand ses cousines seraient là, mais la petite fille, qui se sentait délaissée, commença à pleurer dans son berceau. Tianna remplit la petite baignoire tandis que le prince faisait gazouiller la fillette en soufflant sur son ventre. Il se trouvait un peu bête à jouer ainsi avec elle mais, en même temps, l'entendre rire et savoir qu'elle était contente de jouer avec lui le touchait.

— Une chose est sûre, dit-il à Tianna. Quelle que soit l'identité de la femme qui a abandonné Marika dans la cour, elle a dû en avoir le cœur brisé. Ce bébé est tellement adorable !

Heureuse qu'il partage enfin son avis, la jeune femme opina du menton.

— A ce sujet, dit-elle, avez-vous pris des mesures pour renforcer la sécurité de la propriété ?

Avec un petit sourire, il se tourna vers elle.

— Décidément, quand vous avez une idée en tête, il est difficile de vous la faire oublier ! Ne vous inquiétez pas. Tout est en ordre.

Elle se mordit la langue pour ne pas lui donner son opinion sur la manière dont était tenue la maisonnée.

— Avez-vous déjà eu des problèmes ? Certaines personnes ont-elles tenté de s'introduire subrepticement dans le domaine ?

— Non, jamais. Pas ici en tout cas. En revanche, ma sœur, Kari, qui vit à Berverly Hills chez ma tante et mon oncle, doit être sous protection en permanence. Par deux fois elle a été victime d'enlèvement. Mais mes frères et moi n'avons jamais été inquiétés. Aucun ravisseur n'oserait s'attaquer à nous. Il trouverait à qui parler.

A ces mots, Tianna ne put réprimer un frisson. L'histoire de la famille était parsemée de tragédies, et Garth courait un réel danger en permanence.

— Des ennemis pourraient avoir d'autres intentions que le kidnapping. Ils voudraient peut-être… vous tuer.

Il haussa les épaules.

— C'est effectivement une possibilité. Mais personne n'a jamais non plus attenté à nos vies. Alors…

— Cela ne signifie pas que cela ne se produira pas.

Elle pensait à ce que lui avait raconté son père à propos des rebelles qui avaient renversé la monarchie et pris le pouvoir à Nabotavia. Sa propre branche n'avait jamais été menacée. Ils ne représentaient rien ou presque. Aussi avaient-ils pu sans crainte s'installer dans une maison de la banlieue de Seattle et y vivre comme tout un chacun. Il leur avait suffi de rester discrets sur leurs origines. Mais chez les Roseanova, il en allait différemment. Ils détenaient les rênes du futur gouvernement et étaient donc la cible des rebelles, la proie de tous les dangers. Soudain, le peu de protection qui entourait Garth lui parut angoissant.

— Je me fais du souci. Pas pour vous personnellement, ajouta-t-elle très vite pour s'assurer qu'il ne se méprendrait pas sur ses paroles. Mais je m'inquiète pour Nabotavia, surtout en cette période troublée.

Comme c'était étrange, pensa-t-elle soudain. Elle n'avait jamais accordé beaucoup d'importance à son pays natal, jusqu'au moment où elle était arrivée dans ce château. Connaître le prince lui avait donné une nouvelle vision de la situation et de son passé.

— Bien sûr, dit-il, une lueur amusée dans les yeux.

Elle ne put s'empêcher de lui rendre son sourire.

— Pourriez-vous me passer le peignoir du bébé ? dit-elle pour changer de sujet.

Il se tournait vers l'endroit qu'elle lui désignait quand quelque chose attira son attention. S'approchant de la table à langer, il s'empara d'une pile de petits habits soigneusement pliés et fronça les sourcils.

— Tianna, dit-il avec précaution. D'où viennent ces vêtements ?

— Pardon ? Oh, ça ! Marika les portait quand je l'ai trouvée. Pourquoi ?

Il déplia une brassière, et la lissa du revers de la main.

— Regardez, dit-il, en lui montrant une broderie ornant le tissu. C'est l'écusson de la famille, il représente une rose rouge.

D'un air soucieux, il dévisagea la jeune femme.

84

— Quand nous étions petits, toutes nos affaires étaient marquées de cet emblème. Seuls les membres de la famille royale avaient le droit de l'utiliser.

— Comme c'est étrange, en effet, murmura-t-elle, se demandant à quoi il pensait.

Il hocha la tête.

— Trop étrange.

A présent, il semblait presque en colère.

— Bon sang, j'espère que la mère de Marika va finir par se montrer ! Je suis fatigué de tous ces mystères.

Tianna fut rassurée de le voir enfin se préoccuper du sort du bébé. Elle avait envie de poursuivre la discussion mais, à cet instant, le téléphone portable du prince se mit à sonner.

— Pensez-vous pouvoir vous débrouiller seule pour donner le bain au bébé ? s'enquit-il. Je reçois un appel de Nabotavia. Je vais devoir me rendre dans mon bureau pour le prendre.

— Allez-y, lui dit-elle. J'y arriverai.

Il la regarda et, un instant, elle se demanda s'il n'allait pas l'embrasser avant de partir. Mais il se contenta de lui adresser un sourire.

Elle soupira. Trouver ce vêtement semblait beaucoup ennuyer Garth et elle ne comprenait pas bien pourquoi. Cet emblème avait-il ébranlé ses convictions ?

De toute façon, elle n'avait pas beaucoup de temps pour y songer. Le bain refroidissait. Avec un peu d'appréhension, elle y plongea l'enfant. Toute contente de se retrouver dans un élément liquide et tiède, la fillette se mit à bouger les bras et les jambes en riant. « Elle est dotée d'une bonne nature, pensa Tianna. Elle est toujours heureuse. » Soudain, la jeune femme remarqua sur la poitrine de Marika une petite tache de naissance. Curieusement, elle représentait une rose en train d'éclore.

— Décidément, tu es vraiment faite pour appartenir à cette famille, dit-elle gaiement à la fillette.

Les invitées de Garth arrivèrent plus tôt que prévu, au moment précis où Tianna sortait du château pour sa promenade. Comme elle installait le bébé dans son landau et l'enveloppait sous une couverture, deux limousines noires se garèrent devant la porte. Il était trop tard pour fuir. Les deux chauffeurs ouvrirent les portières et des domestiques accoururent pour porter les bagages. Tout à coup, des femmes de tous âges et de toutes tailles descendirent des véhicules et se dirigèrent vers l'entrée.

« Détends-toi, s'ordonna Tianna. Peut-être seront-elles toutes des étrangères pour toi. » C'était même hautement probable, d'ailleurs. Les membres de sa propre branche n'étaient pas très portés sur les mondanités. Elle espérait seulement qu'aucune cousine lointaine ne ferait partie de la joyeuse bande.

Comme les nouvelles arrivantes s'approchaient, Tianna reconnut soudain l'une d'elles. La duchesse de Tabliva, une vieille amie de sa mère, n'était qu'à quelques pas ! Seigneur ! L'imposture allait être découverte ! Que faire ? Tenter de dissimuler son visage en se penchant vers Marika ? Le cœur battant, elle se rendit compte que rester trop longtemps dans cette position attirerait immanquablement l'attention.

L'envie de tourner les talons et de s'enfuir en courant la tenailla, mais elle n'en avait plus le temps. Elles arrivaient. Un faible sourire sur les lèvres, Tianna releva le menton, décidée à assumer courageusement la situation. Mais la première femme la croisa sans lui faire l'aumône d'un regard, et la seconde réagit comme si elle était transparente. Quant à la duchesse, elle jeta un bref coup d'œil à Marika avant de détourner la tête, comme si les bébés l'importunaient.

Stupéfaite, Tianna demeura pétrifiée. Elles étaient toutes passées devant elle comme si elle était un pot de fleurs ! Toute trace d'inquiétude envolée, elle commença à éprouver une sourde colère. Aucune ne l'avait saluée ou simplement dévisagée !

Elle ne parvenait pas à le croire. Comment ces femmes — soi-disant nobles — osaient-elles se montrer aussi grossières ? Tianna n'avait pas l'habitude d'être aussi royalement ignorée.

Et puis elle comprit.

Elles te considèrent comme une servante. C'est ce que tu espérais, non ? De quoi te plains-tu ?

Un moment, elle resta immobile, ruminant l'incident, fouillant dans ses souvenirs pour tenter de se rappeler si elle avait un jour traité un domestique comme elle venait de l'être. Elle ne s'en souvenait pas. Mais était-ce parce qu'elle ne s'était jamais comportée ainsi ? Ou parce qu'elle l'avait fait si naturellement qu'elle n'y avait pas prêté attention ? Elle n'en était pas certaine. Mais elle était sûre, en tout cas, qu'elle en serait beaucoup plus consciente à l'avenir.

6.

Telle une tornade, les visiteuses investirent le château de haut en bas. Des portes claquaient, des voix résonnaient dans les couloirs. Une incessante agitation — totalement inhabituelle — secoua la maisonnée.

Prudemment, Tianna se replia dans la nurserie, mais ne tarda pas à s'y sentir enfermée.

— J'ai l'impression d'être un lion en cage, dit-elle à Marika. Mais, rassure-toi, petite fille, je ne vais pas te manger.

Malgré son envie de sortir voir ce qui se passait, elle n'osait pas prendre des risques inutiles. Aussi préféra-t-elle rester tranquille, à jouer avec Marika quand celle-ci était éveillée, et à tourner en rond lorsqu'elle dormait, regrettant de ne pas avoir un bon roman à lire. Dans l'après-midi, le calme revint, tout le monde était réuni dans le parc pour le thé. Saisissant l'occasion pour s'aventurer hors de son refuge, Tianna se rendit dans la cuisine, Marika dans les bras.

Comme d'habitude, les cuisinières furent ravies de voir le bébé même si toutes étaient occupées à préparer des canapés et à les disposer sur des plateaux.

— Je suis allée acheter des petits pots pour votre protégée, dit Milla à Tianna après avoir embrassé l'enfant.

— Vous avez trouvé des céréales ! Formidable ! Je pense qu'elle est assez grande pour en prendre.

88

D'un air songeur, Milla pencha la tête.

— A votre avis, quel âge a-t-elle ?

— Quatre mois, sans doute.

Tout en préparant un biberon, elle ajouta :

— Quelqu'un sait-il où se trouve Janus ?

Elle avait hâte d'apprendre comment avançaient ses recherches. Mais personne ne put la renseigner.

— Si vous le voyez, auriez-vous la gentillesse de lui dire que je souhaiterais lui parler ? leur demanda-t-elle. Je vous laisse travailler à présent.

Elle remonta à la nurserie, mais les rires qui fusaient de la garden-party envahissaient la pièce et, dévorée de curiosité, elle finit par risquer un œil à la fenêtre. Le feuillage des arbres plantés devant la maison la dissimulait en partie aux regards. Les invitées étaient assises autour de quatre ou cinq tables. Tianna tendit le cou, cherchant des yeux le prince Garth.

— Aimeriez-vous vous joindre à nous ?

Au son de sa voix, elle sursauta et fit volte-face. Adossé au chambranle de la porte, il lui souriait.

— Vous ressemblez à une enfant qui n'a pas été invitée à un anniversaire, poursuivit-il. Pourquoi ne pas descendre vous mêler à la fête ?

Elle secoua la tête, surprise de l'excitation qui l'étreignait à sa vue. Elle avait tort de le laisser la bouleverser à ce point.

— Non, merci, répondit-elle très vite. J'ai… des choses à faire.

— Ah oui, les inévitables « choses à faire », toujours prioritaires lorsqu'elles servent de bonne excuse !

Evitant son regard moqueur, Tianna se tourna de nouveau vers le parc.

— Je vais demander à quelqu'un d'installer une petite table devant cette fenêtre, reprit-il soudain. Ainsi, vous pourrez prendre le thé tout en observant de loin la réception.

Cette proposition emballa Tianna. Lorsqu'elle était descendue dans la cuisine, elle avait lorgné avec envie les délicieux petits canapés et les tartes. De cette façon, elle aurait la possibilité de se régaler, et de partager la bonne humeur générale sans risquer d'être reconnue par la duchesse.

— Quelle bonne idée ! lui dit-elle d'un air radieux.

Sortant son téléphone portable, il appela le majordome. Quand il raccrocha, elle lui mit Marika dans les bras.

— Pourriez-vous me la tenir un instant, le temps pour moi d'aller chercher son baby-relax ? Cela ne me prendra qu'une minute.

Sans attendre sa réponse, elle fila hors de la pièce.

Le prince regarda l'enfant. Lorsqu'elle lui souriait, il se sentait fondre. Il était sûr et certain qu'il n'était pas son père, malgré son prénom et l'écusson familial sur ses vêtements. Mais le jour où il aurait une petite fille, il aimerait bien qu'elle soit aussi mignonne et souriante que celle-ci.

Comme elle l'avait promis, Tianna revint en un clin d'œil. Mais il continua à bercer Marika. Il avait l'impression d'avoir pouponné toute sa vie.

Sur ces entrefaites entrèrent un serveur chargé d'une petite table et la cuisinière, un plateau dans les mains. A la vue de Garth et Marika, Cook se mit à rire.

— Vous avez toujours aimé les bébés !

Le prince la dévisagea comme si elle perdait la raison.

— Comment cela ?

— Vous avez oublié ? Lorsque vous étiez enfant, vous vous occupiez beaucoup de votre petite sœur, Kari. Vous la traîniez partout avec vous comme une poupée. Et vous ne laissiez personne s'en approcher.

Elle posa son plateau et servit le thé.

— Vous jouiez avec beaucoup de sérieux votre rôle de grand frère protecteur. Je crois que toutes les horreurs que vous avez

90

connues, la guerre, la mort prématurée de vos parents, l'exil... ont développé chez vous le désir de protéger vos proches.

Les yeux embués de souvenirs, elle secoua la tête.

— Vous étiez tous si jeunes pour vivre de telles tragédies ! reprit-elle avec un soupir.

La cuisinière sourit à Garth qui berçait toujours l'enfant, mais Tianna remarqua que la vieille femme s'essuyait les yeux en quittant la pièce. Comme toujours, elle fut étonnée de constater que l'histoire de Nabotavia hantait les esprits au château. Cela n'avait pas été le cas dans sa propre famille. A tout propos, le personnel de Garth faisait allusion à des événements qui remontaient à plus de vingt ans, comme s'ils s'étaient produits la veille. Et tous n'aspiraient qu'à retourner au pays, à dépasser leurs souffrances et leurs chagrins en participant à la reconstruction du royaume. Pour leur part, ses parents n'en parlaient jamais et n'évoquaient pas les traumatismes liés à cette époque, comme s'ils pouvaient s'effacer à force d'être tus.

— Merci beaucoup, dit-elle au prince en lui prenant le bébé des bras pour l'installer dans son petit transat.

Elle avait remarqué que le serveur avait monté deux chaises avec la petite table, mais elle fut quand même surprise de voir Garth y prendre place.

— Ne devriez-vous pas redescendre tenir compagnie à vos invitées ? s'enquit-elle.

Tout en parlant, elle mordit avec appétit dans un petit canapé au saumon et ferma les yeux tant il était délicieux.

— Elles discutent entre elles et n'ont pas besoin de moi, répliqua-t-il.

Il la dévisageait avec un plaisir évident et elle se sentit rougir.

— Mais elles sont venues vous rendre visite.

Passant un bras sous sa tête, il se cala sur sa chaise.

— Je pense plutôt qu'elles ont l'intention d'organiser ma vie. Et comme je ne suis pas disposé à les laisser faire, mieux vaut les laisser entre elles.

Ses yeux pétillaient d'amusement quand il reprit :

— Dès que je vais participer à la conversation et les remettre à leur place, les rires vont se transformer en grincements de dents, je le crains. Elles vont me jeter à la tête des arguments stériles, il y aura des pleurs, des menaces... Cela me fatigue d'avance.

Elle se mit à rire.

— Mais qu'attendent-elles de vous ? Et pourquoi cela vous ennuie-t-il autant ?

— Venez voir.

Se tournant vers la fenêtre, il lui désigna du menton deux jeunes filles que Tianna avait remarquées lorsque le groupe était arrivé. L'une était blonde, l'autre brune.

— Voilà l'objet de la discussion, dit-il en désignant cette dernière. Qu'en pensez-vous ?

Tianna soupira et dégusta un autre canapé.

— Elle me semble très jeune.

— Elle *est* très jeune.

Il opina du menton comme s'il étudiait la question.

— Cela dit, reprit-il, la jeunesse n'est pas forcément un handicap. A peine sortie de l'adolescence, une femme est encore docile et soumise. Les plus âgées sont parfois plus difficiles à vivre.

Avec un clin d'œil moqueur, il ajouta :

— N'en êtes-vous pas un bon exemple ?

— Vous me considérez donc comme une vieille dame ! Merci du compliment ! protesta-t-elle. Je n'avais pas l'impression d'être déjà sur le retour.

Mais, de nouveau, il attira son attention sur les deux jeunes filles qui bavardaient entre elles. Elles étaient charmantes et paraissaient aussi insouciantes que des enfants.

— Ils m'ont laissé le choix entre la blonde et la brune. N'est-ce pas gentil de leur part ? Mais je crois que cette dernière a leur préférence.

Elle se mit à rire sans savoir très bien pourquoi. La conversation prenait un tour étrange.

— Que voulez-vous dire ?

La tête penchée, il promena les yeux le long de son cou. Elle sentait presque la caresse de son regard et elle ne put s'empêcher de frissonner. Un léger sourire se peignit sur les lèvres du prince.

— Je déteste qu'on gouverne ma vie, dit-il calmement.

Tentant de ne pas prêter attention à la manière dont il la dévorait des yeux, elle opina du menton. Elle savait qu'elle devait lui résister, qu'elle ferait sans doute mieux de se lever et de lui lancer une réplique cinglante pour lui faire comprendre qu'il perdait son temps avec elle. Elle aurait dû. Mais elle en était incapable.

— J'ai déjà eu l'occasion de le remarquer, dit-elle.

— Tant mieux. Pour en revenir à mes visiteuses, ma tante Cordelia est persuadée qu'elle a une mission à accomplir dans l'existence : se charger de moi, me faire entrer dans un moule pour me faire ressembler à son idéal masculin.

— Mais, Votre Altesse, reprit Tianna en le regardant en face, qu'attend de vous votre tante, exactement ?

— Elle veut me voir épouser une de ces deux jolies filles, bien sûr !

Sous l'affront, Tianna en resta un instant bouche bée.

— Mais… elle n'en a pas le droit ! Vous êtes fiancé ! répliqua-t-elle enfin.

Avec un soupir, il hocha la tête.

— C'est vrai et ces pseudo-fiançailles m'ont protégé pendant des années. Me sachant engagé auprès d'une autre, les femmes ne pouvaient pas trop m'ennuyer et prétendre me passer la corde au cou. Mais depuis peu, certaines personnes de ma famille remettent en question cet engagement. Elles semblent croire que, comme je n'ai pas encore honoré le contrat, il peut être considéré comme nul et non avenu.

— Mais… c'est honteux !

Tianna mesurait très bien l'ironie de la situation, mais elle n'en avait cure. Vouloir rompre ses fiançailles, les considérer comme un non-sens, était une chose. Mais que d'autres parviennent à la même conclusion qu'elle et cherchent à annuler cette promesse de mariage la mettait hors d'elle.

— Vous trouvez ? Pour ma part, je n'en sais rien. Il me semble que ce vieil engagement ne veut pas dire grand-chose. Ne partagez-vous pas mon avis ?

— Pas du tout ! rétorqua-t-elle avec force. Il a été conclu pour de très bonnes raisons. Et les statistiques prouvent que les unions arrangées par les familles sont infiniment plus solides que les autres, basées sur des considérations amoureuses.

Elle parvenait à peine à croire que ces paroles sortaient de sa propre bouche. Elle lui répétait les arguments que ses parents lui avaient mille fois opposés lorsqu'elle avait tenté de se rebeller.

Pourtant, ils n'avaient jamais réussi à la faire changer d'avis. Pourquoi diable espérait-elle qu'il en serait autrement avec Garth ? Et pourquoi accordait-elle soudain tant de valeur à ces fiançailles ? Le dévisageant, elle prit conscience que faire sa connaissance expliquait son revirement.

— En tout cas, j'ai adoré être fiancé, poursuivit-il. Lorsqu'une jolie fille avec qui je vivais une amourette commençait à me parler de mariage, je lui rappelais gentiment que j'étais fiancé et l'affaire était réglée.

Cette fois, elle le toisa avec mépris.

— Pourquoi vous donnez-vous tant de mal pour me convaincre que vous êtes un mufle ?

Il parut ébranlé.

— Comment ? Est-ce donc l'opinion que vous avez de moi ?

Elle le gratifia d'un sourire mystérieux et détourna la tête.

— Attendez ! protesta-t-il. Que dois-je faire pour vous convaincre du contraire ?

— Vous n'y parviendrez pas. Je vous connais trop. Mais malgré vos mauvaises manières, je vous aime bien.

— Vous m'aimez bien ?

Manifestement surpris mais surtout touché par ses paroles, il lui sourit.

— Vraiment ?

Soudain, elle eut l'impression de s'être trop dévoilée et regretta sa spontanéité. Elle se tourna vers Marika pour dissimuler sa gêne et donner le change. Mais la petite dormait profondément, le souffle régulier. A sa vue, un sourire attendri se peignit sur les lèvres de Tianna. Comment résister à une si mignonne petite fille ?

Elle leva les yeux vers le prince pour voir s'il fondait autant qu'elle devant le charme du bébé, mais elle fut surprise de le voir la dévisager — elle et non Marika — avec une intensité qui la désarçonna.

— Ne faites pas cela.

— Quoi ?

— Ne me regardez pas ainsi.

— Puis-je vous embrasser à la place ?

Elle déglutit avec peine èt tenta d'afficher un visage imperturbable.

— Deux jeunes femmes en bas n'attendent que vos baisers. Choisissez-en une et bécotez-la tout votre soûl.

— Elles sont jolies, non ?

— Très.

Tout en lui posant la question, il ne la quittait pas des yeux. Il était évident qu'elle était la seule à l'intéresser.

Lentement, il secoua la tête. S'avançant vers elle, il caressa sa joue du doigt.

— J'ai envie de vous embrasser, vous, pas elles.

— Pourquoi ? s'enquit-elle un peu nerveusement.

Il haussa les épaules avant de la prendre dans ses bras et de la serrer contre lui.

— Parce que, murmura-t-il en enfouissant sa tête dans son cou.

— Nous étions d'accord pour penser qu'il valait mieux ne pas… nous approcher, dit-elle avec un délicieux frisson.

— Je ne me souviens pas d'avoir donné mon accord pour une telle bêtise, murmura-t-il.

Avec douceur, il colla ses lèvres aux siennes, les mordillant, l'excitant.

Avec un soupir, elle lui rendit ses baisers. Elle n'avait jamais éprouvé un tel plaisir, une telle chaleur. Ses caresses affolaient ses sens et elle flottait, emportée par des sensations intenses qu'elle n'avait jamais connues.

Malheureusement, le téléphone portable de Garth retentit de nouveau. Pendant un moment, tous deux l'ignorèrent. Mais les sonneries s'intensifiant, il prit l'appel avec un gros soupir sans cesser de fixer Tianna.

— Oui ?

Elle ferma les paupières, laissant le bonheur pur que cette éteinte lui avait procuré l'envahir.

Il écouta son interlocuteur.

96

— D'accord, finit-il par dire d'un ton impatient. Je descends. Je serai là dans un instant.

Refermant l'appareil, il dévisagea Tianna d'un œil teinté de regret et recula sa chaise.

— Nous passerons à table à 19 heures. Voulez-vous vous joindre à nous pour le dîner ?

Elle avait envie de l'accompagner partout, de partager tout avec lui. Si elle l'avait pu, elle aurait même aimé respirer son souffle à chaque instant. Mais elle devait revenir à la réalité et, à contrecœur, elle secoua la tête.

— Certainement pas, dit-elle d'un ton qu'elle voulait ferme. La place des nounous est à la nurserie, lui rappela-t-elle.

Il lui décocha un sourire moqueur.

— Et depuis quand vous comportez-vous comme une domestique ?

— Est-ce un reproche ?

— Pas du tout. Mais vous avez tendance à vous conduire comme la maîtresse du domaine et non comme une employée. L'avez-vous vous-même remarqué ?

Sans répondre, elle lui jeta un œil noir.

— Pourquoi ne pas venir avec nous ? reprit-il. Ce serait plus amusant si vous étiez des nôtres. Vous vous mettriez à ma droite et me tiendriez compagnie.

Elle imagina les visages des femmes de l'assistance la voyant participer au repas et à la place d'honneur ! Mais elle ne voulait à aucun prix prendre le risque d'être reconnue par la duchesse. Elle se la représenta se levant, un doigt accusateur pointé sur elle, dénonçant l'imposture, et elle frissonna. Démasquée, elle n'aurait plus qu'à plier bagage. Or le bébé avait encore besoin d'elle.

— Je préfère rester avec Marika.

Hochant la tête, il la dévisagea avant de quitter la pièce.

Elle le regarda s'éloigner, le cœur battant encore si fort qu'elle en restait hébétée, presque terrifiée. Janni avait-elle raison ? Etait-elle tombée amoureuse du prince ? Et si c'était le cas, qu'allait-elle faire ?

Quand l'heure du dîner sonna, les invitées envahirent la salle à manger. Marika s'était assoupie et Tianna aspirait elle-même à rejoindre au plus vite les bras de Morphée. La nuit précédente, elle n'avait dormi que quelques heures et ressentait une intense fatigue. Pourtant, elle aurait aimé lire quelques pages avant de se mettre au lit. Tout le monde étant en train de se restaurer, elle pouvait sans crainte se risquer dans la bibliothèque pour emprunter un roman.

A pas de loup, elle descendit l'escalier. En passant, elle entendit des rires et la voix grave de Garth au milieu de celles — plus aiguës — des femmes. L'imaginer, seul homme parmi toutes ces représentantes du sexe faible, la fit sourire. Il devait se sentir le roi du monde.

Puis elle se souvint des deux jolies jeunes filles et son sourire s'évanouit. Devant ces belles demoiselles, il jouait sans doute les paons. Une pointe de jalousie la traversa.

De la jalousie ! Quelle idée ! Elle n'éprouvait rien de tel. Après tout, n'était-elle pas la promise du prince ? Quelle ironie du sort !

« Dans quel embrouillamini me suis-je fourrée ? » se demanda-t-elle.

Comme elle l'espérait, la bibliothèque était vide et elle se dirigea vers les étagères remplies de livres d'histoire. Une grande partie des ouvrages retraçaient le passé de Nabotavia. Depuis son arrivée au château, ne rien connaître ou presque de son pays natal l'ennuyait. S'emparant de trois gros ouvrages, elle les posa sur le canapé pour les examiner.

Le premier traitait de la grande scission de Nabotavia, en 1860, qui avait coupé le royaume en deux et donné le pouvoir aux Roseanova tout en laissant à la branche de la famille de Tianna une partie du pays à diriger. Jusqu'ici, la jeune femme ne savait pas très bien ce qui avait provoqué ce changement mais elle en trouva rapidement les explications.

Apparemment, son arrière-arrière-grand-père — et celui de Garth —, le roi Marcovo Ier, était mécontent de son fils, le prince héritier Marcovo II, qui menait une vie dissolue. Il passait son temps à faire la fête et à engrosser toutes les filles du pays. Un ministre de l'époque aurait même déclaré : « Au rythme où vont les choses, la moitié des enfants du royaume seront bientôt des prétendants à la Couronne. »

Pourvu que Garth n'ait pas hérité de ses gènes ! songea Tianna.

En revanche, son arrière-grand-père, Peter Marcovo Ier, le deuxième fils du roi — et son préféré — était un jeune homme sérieux et très studieux. Il fondit même l'Institut national de recherches scientifiques. Furieux d'imaginer le royaume dirigé par un bon à rien, le monarque décida de couper le pays le long du fleuve Tannabee, et d'offrir à Peter l'ouest de Nabotavia. Ce territoire ne représentait que le quart de celui de l'aîné et était constitué pour l'essentiel de montagnes et de déserts. Pourtant, le gouvernement de l'époque refusa de reconnaître l'indépendance de cet Etat. Peter se trouvait donc à la tête d'un royaume fictif qui faisait toujours partie de Nabotavia mais avait théoriquement le droit de revendiquer son autonomie. Et, comme elle le savait déjà, depuis lors, il existait une scission dans la famille royale. Son mariage avec le prince Garth avait été conclu par leurs parents dans l'espoir de réconcilier les deux branches. Mais qui s'en souciait encore ?

Elle venait de reposer le livre lorsqu'elle entendit des voix et comprit soudain que des visiteuses s'apprêtaient à entrer dans la pièce. En se rendant compte qu'une des intruses était l'amie de sa mère, Tianna se dissimula derrière le canapé. Son cœur se mit à battre à grands coups et elle se reprocha de s'être cachée comme une enfant prise en faute. Mais qu'aurait-elle pu faire d'autre ? Il ne lui restait qu'à espérer que les deux femmes ne s'attarderaient pas et qu'elle pourrait regagner discrètement les étages sans être inquiétée.

— Je trouve ridicule la manière dont Garth se sert de ses pseudo-fiançailles, disait l'une d'elles. Tu sais ce que je pense de la famille royale de l'ouest : ils sont tous certainement très charmants, mais le fait est qu'ils ne comptent pas.

Sous cet outrage, Tianna se raidit et eut du mal à rester silencieuse. Ces pimbêches discutaient des siens ! Pour qui se prenaient-elles ? Elle était partagée entre l'envie de rester tapie dans sa cachette et le désir de se montrer pour remettre cette prétentieuse à sa place.

— Qui a besoin de l'ouest de Nabotavia, après tout ? poursuivait la comtesse. Leur royaume n'est composé que de montagnes et de déserts. Ils n'ont aucune industrie, ils vivent pratiquement comme des sauvages. Alors que les deux jeunes filles que j'ai présentées à Garth sont les futures héritières d'un riche chef d'entreprise qui serait prêt à participer généreusement à la reconstruction du royaume. Et, crois-moi, pour rendre sa gloire passée à Nabotavia, nous allons avoir besoin d'argent !

— C'est évident, Cordelia, acquiesça la duchesse. Mais je ne comprends pas très bien pourquoi tu t'intéresses autant à Garth. Après tout, il n'est que deuxième dans la lignée de la succession au trône.

Cordelia soupira.

— J'ai toujours eu un petit faible pour Garth. Comme tu le sais, je me suis beaucoup occupée des garçons lorsqu'ils étaient jeunes et je me sens très proche de celui-ci. De plus, il est le seul des trois frères à avoir la marque...

— La marque ?

— La marque de la rose. Et il la porte sur son cœur.

A ces mots, Tianna dressa l'oreille.

— J'en ai entendu parler il y a des années mais j'étais persuadée qu'elle n'était qu'un mythe. De quoi s'agit-il exactement ?

— D'une tache de vin en forme de rose. Mon frère, le roi défunt, Dieu ait son âme... l'avait. Notre père également. Mais, dans la jeune génération, seul Garth en a hérité. Et je ne peux pas m'empêcher de penser que c'est le signe d'un destin exceptionnel.

Tianna fronça les sourcils. La marque qu'elle avait remarquée sur la poitrine de Marika ressemblait beaucoup à la description que venait d'en faire Cordelia. Comme c'était étrange ! Très, très étrange.

— Oh, je vois, reprenait la duchesse.

— Et voilà pourquoi Garth ne doit pas épouser n'importe qui. Une nouvelle ère s'ouvre. Il faut du sang neuf à la famille. Ces jeunes filles sont issues de grandes dynasties industrielles, leurs pères ont bâti des empires. L'une ou l'autre conviendrait à merveille à Garth. Si seulement je parvenais à le convaincre d'envoyer aux orties ces pseudo-fiançailles !

Comme s'il les avait entendues, le prince surgit alors. Il remarqua immédiatement Tianna recroquevillée derrière le canapé et comprit aussitôt la situation. Un grand sourire aux lèvres, il se tourna vers les deux femmes.

— Mesdames, les tartes à la mirabelle vous attendent !

— Vraiment ?

— Hâtez-vous de rejoindre la salle à manger, leur ordonna-t-il avec un grand geste.

— Et toi, serais-tu privé de dessert ? riposta sa tante, ironique.

— Bien sûr que non. Je vous rejoins dans un instant.

Elles se dirigeaient vers la salle à manger lorsque Cordelia s'arrêta et se tourna vers lui.

— Mais dis-moi d'abord : que penses-tu des deux jeunes filles qui m'accompagnent ?

Un instant, il la dévisagea comme s'il ne comprenait pas à qui elle faisait allusion.

— Ah, oui ! s'écria-t-il enfin. Elles sont très jolies et tout à fait charmantes.

— Tu devrais passer un peu de temps avec elles, pour faire plus ample connaissance avant que nous ne partions.

— Bien sûr, j'en serais ravi, répliqua-t-il.

Puis il les poussa presque hors de la pièce.

— A tout de suite, leur promit-il en refermant la porte.

Se tournant alors vers Tianna, il lui lança :

— Que diable faites-vous là ?

Elle se redressa, les joues empourprées.

— Ainsi vous allez rompre vos fiançailles pour épouser une de ces deux beautés. Quelle énorme bêtise !

Il fronça les sourcils.

— Qui vous a dit ça ?

— Cordelia.

Avec un gémissement, il secoua la tête.

— Ma chère tante Cordelia a la fâcheuse habitude de croire qu'elle peut décider de ma vie. Mais je suis assez grand pour savoir ce que j'ai à faire et personne n'a à me dicter ses volontés. Je n'ai nullement l'intention de me marier avec l'une de ces deux idiotes.

Grâce à une grande inspiration, Tianna commença à se calmer.

— Tant mieux, dit-elle.

Elle s'apprêtait à tourner les talons quand il la rattrapa et posa la main sur son bras.

— Mais en quoi cela vous concerne-t-il, de toute façon ? Pourquoi une telle éventualité vous aurait-elle ennuyée ?

Elle lui jeta un regard méprisant.

— Vous voir renier vos engagements pour épouser une de ces pestes me décevrait de vous, répondit-elle.

Elle s'interrompit. Que lui arrivait-il ? Elle n'avait rien à reprocher à ces jeunes filles. Et qu'avait-elle à dire sur le sujet ? Elle s'exprimait comme une femme jalouse.

— Mais je m'en moque au fond, reprit-elle, détournant la tête. Allez donc retrouver vos invitées.

Quand il la lâcha, elle éprouva un désir soudain d'être embrassée.

— Attendez ! s'exclama-t-elle en s'emparant à son tour de son bras. Savez-vous où est Janus ? Je ne l'ai pas vu de la soirée.

Le prince haussa les épaules.

— Il ne doit pas être très loin. Il m'avait préparé des affaires pour le dîner.

Elle admira le costume élégant dont il était revêtu. Il lui allait comme un gant, et mettait en valeur sa carrure d'athlète.

— Vous êtes très séduisant dans cette tenue, reconnut-elle.

— Merci.

Il lui sourit et l'envie d'un baiser devint plus forte encore. L'avait-il deviné ? Et si oui, pourquoi ne la prenait-il pas dans ses bras ?

Puis elle se souvint de la marque en forme de rose dont Cordelia avait parlé. Sans doute ferait-elle mieux d'aborder le sujet pendant qu'elle en avait l'occasion.

— Votre Altesse, commença-t-elle. Votre tante a fait allusion à une fleur que vous porteriez à la poitrine. De quoi s'agit-il exactement ?

— En fait, il s'agit d'une petite tache de vin héréditaire. Avec beaucoup d'imagination, il est possible d'y voir le dessin d'une rose. Tous les membres de la famille n'en ont pas hérité, mais moi oui.

— Représente-t-elle quelque chose de particulier ?

Il haussa les épaules.

— D'une certaine façon, oui. Elle symbolise la Maison de la Rose. Pourquoi ?

Le lien de parenté avec Marika devenait évident.

Elle resserra son emprise.

— J'aimerais vous montrer quelque chose. Venez avec moi.

— Que se passe-t-il ?

Elle secoua la tête.

— Je vous en prie, venez avec moi, répéta-t-elle.

Les sourcils froncés, il chercha ses yeux puis se tourna vers la porte derrière laquelle le cliquetis des couverts et les rires continuaient de fuser.

— Je ne peux pas, Tianna. J'ai promis aux autres…

Bien sûr, il avait raison.

— D'accord, mais montez me retrouver à la nurserie dès que possible.

Il la dévisagea avec curiosité.

— J'y serai d'ici une heure.

Il tint parole. Tianna patientait en arpentant la pièce et, lorsqu'elle le vit apparaître, l'appréhension et le soulagement se disputaient dans son esprit.

104

Marika dormait toujours. Avec précaution, Tianna souleva sa petite brassière et montra à Garth la marque qu'elle avait remarquée en lui donnant son bain. Elle représentait bien une rose en train d'éclore.

Pétrifié, Garth blêmit. Sans un mot, il retira sa veste, la lança sur le lit et commença à dénouer sa cravate. Le cœur battant, elle attendit. Il retira sa chemise et resta debout, lui présentant son torse musclé. Juste au-dessus du cœur, sa petite tache de vin ressemblait beaucoup à la version que portait la fillette sur sa propre poitrine.

Tianna s'y attendait mais elle en resta pourtant sans voix. D'une main hésitante, elle caressa la marque du bout des doigts avant de lever les yeux vers lui.

La prenant par les épaules, il l'attira à lui et l'embrassa avec force. La chaleur de son corps d'homme, de sa peau nue, l'envoûta et elle chancela. Mais le baiser ne dura qu'un instant. Il se rhabilla et sortit. Ni l'un ni l'autre n'avaient échangé un mot.

7.

Un bébé pleurait. Garth se retourna entre ses draps, ne
sachant pas s'il rêvait ou s'il entendait vraiment les cris d'un
enfant. Finalement, il sortit de sa torpeur et comprit que la
petite Marika était réveillée.

Il tendit l'oreille. Troublé, il se demanda une fois de plus
s'il s'agissait de sa fille.

Non, c'était impossible. Et pourtant…

Repoussant ses couvertures, il se mit sur son séant et
consulta son réveil. Il était 2 heures du matin. Les yeux encore
embués de sommeil, il enfila son jean et une chemise. Avec
un bâillement, il se dirigea vers la nurserie.

Dans le couloir, il reconnut distinctement la voix de la
fillette et celle de Tianna lui parlant doucement pour l'apaiser.
Il frappa légèrement à la porte et entra.

La jeune femme paraissait épuisée. Dans ses bras, Marika,
rouge écarlate, semblait inconsolable. Tianna la berçait en
arpentant la pièce.

— Je suis désolée de vous avoir réveillé, dit-elle. Je n'arrive
pas à la calmer.

— Pas de problème, dit-il. Laissez-moi m'en occuper.

Comme il se penchait vers Marika, la petite fille lui sourit
à travers ses larmes et tendit les mains comme si elle mourait
d'envie de se trouver dans ses bras.

106

En prenant l'enfant, toute chaude, toute confiante, Garth eut l'impression de recevoir un petit cadeau de la vie. Elle se blottit contre lui comme si le creux de son épaule était sa place, faite pour elle. Cela signifiait-il qu'elle était sa fille ?

Il regarda Tianna. Elle avait les yeux battus, de larges cernes dévoraient son petit visage, mais comme elle était belle à la lueur de la lampe de chevet, dans sa chemise de nuit en dentelle !

— Retournez vous coucher, lui ordonna-t-il. Vous êtes morte de fatigue. Je vais prendre soin de Marika.

Perplexe, elle le dévisagea en bâillant.

— Comment cela ? demanda-t-elle.

— Je peux me charger d'elle, répéta-t-il d'une voix rassurante. Je marcherai dans la pièce pour la bercer comme vous le faisiez. Et si elle s'endort, je la coucherai dans son berceau et retournerai dans mes appartements.

— Oui mais si…

— Je vous réveillerai. Allez vous étendre.

Un petit sourire se peignit sur les lèvres de Tianna.

— Depuis quand êtes-vous devenu un expert en puériculture ?

Mais elle se hâta vers le lit, retira sa robe de chambre et se glissa entre les draps. Avec un soupir d'aise, elle ferma les yeux.

— Je ne sais pas si je vais réussir à trouver le sommeil. Je suis tellement tendue.

Le bébé sur l'épaule, Garth se mit à sillonner la chambre. Marika enfouit son visage dans son cou mais il voyait bien qu'elle n'était pas prête de s'assoupir. Comme Tianna.

— Pourquoi ne parlerions-nous pas un moment ? suggéra-t-il. Cela vous aiderait peut-être à vous détendre.

Il déposa un baiser sur le crâne de la petite fille et regarda Tianna allongée, ses magnifiques cheveux étalés sur l'oreiller.

— Racontez-moi votre film préféré, le dernier livre que vous avez lu, ou plutôt expliquez-moi pourquoi le sort de ce bébé a tant d'importance pour vous. J'ai l'intuition que votre passé explique en partie cet attachement.

Avec une profonde inspiration, elle commença :

— J'avais cinq ans au moment de la révolution de Nabotavia. Dans la confusion de l'exode, j'ai été séparée des miens. Ma vieille nounou a pris soin de moi et m'a traînée à travers l'Europe, jusqu'à un port où j'étais censée retrouver mes parents. Mais elle m'a fait prendre place dans le mauvais bateau. Là, des étrangers se sont occupés de moi. Ils étaient très gentils mais je me sentais très seule, abandonnée, j'avais froid, j'étais terrifiée. Je voulais ma mère et personne ne pouvait me dire où elle se trouvait. En débarquant à New York, j'ai été trimballée d'une communauté de Nabotaviens à l'autre. Il a fallu des mois à ma famille pour arriver aux Etats-Unis, organiser des recherches et réussir à me retrouver. Lorsque, enfin, nous avons été réunis, j'étais devenue muette. Et même après nos retrouvailles, j'ai mis des années à récupérer la parole.

— Pauvre Tianna !

Il l'imagina petite fille et sourit.

— Vous avez connu de dures épreuves à un âge très tendre.

— Nous avons tous traversé des moments difficiles, non ? Et pour vous, ce fut pire. Vous avez réellement perdu vos parents. C'est une tragédie pour un enfant. Mais c'est vrai, cette histoire m'a profondément marquée et influence encore certains de mes comportements. En tout cas, quand je vois un bébé sans défense, tout seul, sans sa maman…

Sa voix se brisa et il lui fallut un instant pour poursuivre :

— Eh bien, j'éprouve le besoin impératif de lui venir en aide, de le réconforter, de m'assurer qu'il ne lui arrivera rien. Je ne peux pas m'en empêcher.

Pour mieux bercer Marika, Garth s'installa dans le fauteuil à bascule. Il ne comprenait que trop bien ce que Tianna lui avait confié. Lui-même avait été traumatisé par les événements qui avaient secoué Nabotavia lorsqu'il était petit. Sans doute ce drame le hanterait-il jusqu'à sa mort.

— Et vous ? s'enquit-elle d'une voix ensommeillée. Vous m'avez dit que Janus vous avez sauvé la vie. Que s'est-il passé lorsque vous avez débarqué aux Etats-Unis ?

— Comme vous, nous avons été d'abord transbahutés d'un endroit à l'autre. Mais dans notre malheur, nous avons eu la chance d'être entourés par des gens que nous connaissions. A l'époque, Marco avait quinze ans et, étant l'aîné et le prince héritier, tout le monde le considérait comme un adulte malgré son extrême jeunesse. Kari, quant à elle, n'était qu'un bébé.

Il était curieux que la cuisinière ait gardé des souvenirs aussi vivaces de lui s'occupant de sa petite sœur. Pour sa part, il avait, jusqu'à ce matin, complètement oublié cet épisode.

— Je prenais soin d'elle. Nous avions l'habitude de nous cacher ensemble pour ne pas avoir à manger nos céréales.

Il sourit tandis que ces souvenirs affluaient à son esprit.

— Finalement, le demi-frère de notre père et sa femme, le duc et la duchesse de Gavini, ont décidé d'élever Kari chez eux, à Berverly Hills, et notre oncle Kenneth nous a pris, Marco et moi, dans son château, ici en Arizona.

— Mais il ne vit plus là, non ?

— Il est retourné à Nabotavia l'année dernière quand nous avons évincé les rebelles, et il y est resté.

Comme elle ne répondait rien, il tourna les yeux vers elle. Elle s'était endormie. Il la contempla longtemps, retenant son souffle. Qu'avait donc cette femme pour le troubler à ce point ? se demandait-il. Elle ne ressemblait à aucune autre et, en peu de temps, elle était devenue très importante à ses yeux — indispensable, vitale. En général, il détestait se sentir aussi dépendant de quelqu'un. Il voulait maîtriser la situation, être celui qui partait le premier sans un regard en arrière. Mais il était en train d'évoluer.

Peut-être la perspective de son retour prochain à Nabotavia avait-elle changé sa vision du monde. Peut-être aussi était-il arrivé à un tournant de sa vie. En tout cas, il n'avait pas envie de perdre Tianna. Mais comment s'assurer qu'elle ne le quitterait pas ? Il n'avait pas encore de réponse.

Dans son cou, Marika sombra enfin dans le sommeil. Pour ne pas risquer de la réveiller, il ne la recoucha pas tout de suite dans son berceau. Aussi resta-t-il dans son fauteuil à bascule, à se balancer, et finit-il, à son tour, par s'assoupir.

Quand les premiers rayons du soleil percèrent les volets, Tianna se réveilla et découvrit Garth endormi, Marika dans les bras. Réprimant un petit rire, elle se glissa hors du lit, et déposa un léger baiser sur la joue du prince avant de prendre la fillette pour la coucher. Lorsqu'elle se retourna, il était debout et s'apprêtait à quitter la pièce.

— Tout va bien ? s'enquit-il, ébloui par la lumière.

Il passa tendrement la main sur les joues de la jeune femme.

— A ton avis, reprit-il doucement, Marika est-elle ma fille ?

Brutalement, il se rendit compte qu'il venait de la tutoyer. Le manque de sommeil expliquait sans doute cette liberté de ton, peu habituelle chez lui. De toute façon, il se sentait si proche d'elle, à présent, que continuer à la vouvoyer lui paraissait incongru.

Tianna n'eut pas l'air de se formaliser de ce tutoiement.

— Toi seul peux répondre à cette question.

Avec un petit soupir, il hocha la tête.

— Je ne vois toujours pas comment une telle éventualité serait possible. Mais il y a tant de signes prouvant ma paternité…

— Peut-être est-elle l'enfant de… Marco ? risqua Tianna.

— Certainement pas ! Marco est plus droit qu'une flèche. Il ne me ressemble en rien, jamais il ne…

— Tu es également un homme intègre, répliqua-t-elle.

Il la regarda d'un air étrange, se demandant pourquoi elle le percevait ainsi. Et soudain, une vague de tendresse le submergea. Cette femme était pétrie de bonté. Une telle qualité était si rare ! Depuis qu'il la connaissait, il arrivait presque à croire qu'un monde sans mensonges, sans tricheries, était possible. Presque. Mais pas tout à fait.

Quand ses lèvres effleurèrent les siennes, elle entrouvrit la bouche et il joua avec sa langue. Elle était si douce, si chaude. Les yeux fermés, il aurait pu la décrire dans ses moindres détails. Il avait gravé dans sa mémoire son image, son odeur, sa douceur, sa voix. Et bientôt, il connaîtrait aussi bien son corps.

Mais à présent, il était épuisé à son tour. Il ne tenait plus debout.

— Je vais dormir quelques heures. Réveille-moi s'il y a du nouveau.

— D'accord.

Comme elle le regardait s'en aller, elle éprouva une tristesse soudaine et comprit pourquoi. Il ne lui était pas possible de se leurrer plus longtemps. Elle était tombée amoureuse de lui. Elle était même folle de lui.

Mais tu ne le connais que depuis deux jours !

Exact. Mais d'une certaine façon, il lui était destiné depuis toujours.

— Et après tout, murmura-t-elle à mi-voix, nous sommes fiancés.

Toute la matinée, elle entendit les allées et venues des cousines qui empaquetaient leurs affaires et rejoignaient leurs limousines. Quand enfin le silence se fit, elle descendit prendre son petit déjeuner et joua avec Marika. Mais Bridget vint soudain frapper à la porte de la nurserie.

— Mademoiselle, lui dit-elle, le prince Marco est rentré. Il vous attend dans le bureau et souhaite que vous veniez avec Marika.

— D'accord.

Il fallut un instant à Tianna pour se remettre de sa surprise et recouvrer contenance. Le prince héritier était le futur roi de Nabotavia et, comme tel, il représentait l'image de l'autorité par excellence. Sans doute Garth lui avait-il parlé de la fillette et de sa tache de naissance qui pouvait faire penser qu'elle était de la famille royale. Et, bien sûr, il avait envie de le vérifier par lui-même.

Quand elle entra dans la pièce, il la salua poliment. Mais, manifestement, c'était surtout le bébé qui l'intéressait.

— Puis-je voir la marque sur sa poitrine ?

— Oui, bien sûr.

Elle souleva la brassière de Marika pour la lui montrer.

Il hocha la tête. Soudain, elle s'aperçut qu'il la regardait ouvertement, comme pour la sonder, pour exiger la vérité, et elle se mit à trembler, prête à mettre son âme à nu.

— Des rumeurs circulent. Elles disent que vous êtes arrivée en même temps que cette enfant et que vous vous êtes immédiatement proposée pour vous en occuper. Avez-vous un rapport quelconque avec cette petite ?

— Non, Votre Altesse, vous avez été induit en erreur. Certaines personnes ont pu faire un rapprochement entre ma présence et celle de Marika, mais c'est une pure coïncidence.

Un long moment, il la dévisagea d'un air songeur.

— Je vous crois. Pourtant, avouez que c'est étrange, non ? Le prénom, les vêtements, cette marque de naissance… Tout laisse penser que ce bébé a des liens avec la famille royale.

— Oui.

— Je vais donc faire pratiquer des tests ADN pour comparer ceux de cette petite avec ceux des Roseanova. Dans quelques jours, nous serons fixés.

— Oh, oui, bien sûr.

Serrant Marika contre son cœur, elle revint à la nurserie mais demanda à Bridget de s'occuper un moment du bébé. Puis, prenant une profonde inspiration, elle se rendit au deuxième étage. Elle savait où se trouvait la chambre de Garth et frappa à sa porte.

Il lui ouvrit immédiatement, la prit aussitôt dans ses bras et l'embrassa comme si sa vie en dépendait. Ce fut un baiser ardent, affamé, brûlant, délicieux. Mais Tianna finit par le repousser avec un sourire.

— Garth, protesta-t-elle en l'enveloppant d'un regard amoureux. Je ne suis pas venue pour un baiser. J'ai à te parler.

Il pencha la tête, réfléchissant.

— D'accord, dis-moi tout puis nous nous embrasserons encore, puis nous…

Ravie de voir la lueur qui brillait dans ses yeux, elle éclata de rire. Mais elle reprit vite son sérieux.

— Je viens de rencontrer ton frère.

— Marco ? Je l'ai mis au courant de la tache de naissance de Marika. Il a l'intention de faire pratiquer des tests ADN.

— Exactement.

Elle promena les yeux dans la chambre. Plus grande que le salon de sa propre maison, elle était tapissée de livres.

Soudain, elle repéra un superbe appareil photo.

— Tu as du bon matériel, remarqua-t-elle en s'en emparant.

— Je ne l'utilise pas souvent. Prends-le si cela t'amuse. Pourquoi ne pas faire quelques portraits de Marika ?

Secouant la tête, elle remit l'appareil à sa place.

— Je n'ai pas beaucoup d'expérience des photos d'enfants, surtout des bébés, dit-elle. Je me suis plutôt spécialisée dans les clichés architecturaux, les vues de gratte-ciel, les entrées d'immeubles, les angles et les coins.

— A ton retour à Nabotavia, tu vas être comme une enfant dans une confiserie.

Elle leva un sourcil étonné.

— Pourquoi ?

— La révolution n'a duré que quelques jours et il ne nous a pas fallu longtemps pour évincer les rebelles du pouvoir. Peu de bâtiments ont été endommagés par les combats. Nabotavia ressemble à un petit morceau de l'Europe au siècle dernier. Et comme le pays a été coupé du monde pendant vingt ans, la beauté de nos villes est relativement peu connue.

— Vraiment ? C'est intéressant.

L'idée d'être une des premières à immortaliser l'architecture du royaume libéré la tentait. Elle se rendait compte qu'elle ne connaissait presque rien de son pays natal.

Mais elle savait une chose, elle était amoureuse du prince. Et, plus merveilleux encore, Garth semblait partager ces sentiments. Pourtant, elle ne se sentait pas très à l'aise. Elle le trompait. Depuis le début, elle lui mentait en ne lui révélant pas sa véritable identité. Comment allait-elle réussir à présent à lui dire qui elle était vraiment ? Et comment réagirait-il en apprenant la vérité ?

Comme il se penchait vers elle, elle devina son impatience. Il prit son visage entre ses mains et la regarda dans les yeux.

— Je suis en train de chercher ce que j'aime le plus en toi, dit-il doucement.

— Difficile de choisir parmi mes innombrables qualités, non ? dit-elle d'un ton moqueur. Je comprends ton embarras.

Il sourit.

— Exactement. Tu es très belle, bien sûr. Et profondément bonne, tu es même adorable. Tu te soucies des gens…

Avec un soupir de bonheur, il posa un petit baiser sur ses lèvres.

— Mais je crois que ce que je préfère en toi est ton honnêteté foncière.

A ces mots, Tianna eut l'impression que son cœur s'arrêtait.

— Non, dit-elle doucement. Non, sûrement pas.

— Pourquoi ?

— Je te mens depuis le début !

Il se mit à rire, refusant de la prendre au sérieux.

— Et j'apprécie également beaucoup ton sens de l'humour.

De nouveau, il l'enlaça.

— Même si tu le voulais, tu serais incapable de raconter des histoires.

— Oh, Garth ! gémit-elle.

Mais sans lui laisser le loisir d'en dire davantage, il s'empara de sa bouche avec passion.

Elle tenta d'abord de le repousser, de reprendre son souffle pour pouvoir lui avouer la vérité. Il était temps, grand temps de la lui révéler. Elle aurait dû le faire depuis longtemps… A présent, elle regrettait de s'être fait passer pour quelqu'un d'autre. Ce jeu stupide ne pouvait que lui créer des ennuis. Comment n'y avait-elle pas songé plus tôt ?

Mais dans ses bras, ses craintes s'évanouirent. Blottie contre lui, elle oubliait tout. Et très vite, elle ne pensa plus à ses mensonges, elle ne se soucia plus de rien. La vie paraissait trop belle pour s'en inquiéter. Auprès de cet homme si fort, si puissant, si merveilleux, elle se sentait en sécurité et aimée comme jamais. Elle avait faim de ses caresses, de ses baisers, de son odeur, de la douceur de sa peau, et avait envie de l'entendre lui murmurer des mots tendres à l'oreille. Chaque baiser attisait son désir de lui jusqu'à en devenir insupportable.

Comme les mains de Garth s'aventuraient sous son pull, elle poussa un long soupir de plaisir, et soudain elle eut envie à son tour de promener les doigts sur son torse musclé, de se presser contre lui. Bouleversée, elle comprit qu'elle brûlait de ne faire plus qu'un avec lui.

Elle recula, le regardant avec intensité.

— Attends, dit-elle d'une voix haletante. Si nous continuons, nous allons finir par faire l'amour.

Avec un petit rire, il l'embrassa sur le bout du nez.

— Tu as tout à fait raison, lui dit-il à l'oreille. Pas aujourd'hui mais très bientôt.

— Tu crois ? demanda-t-elle en se pelotonnant de nouveau contre lui.

— Je le sais, Tianna.

Il prit son visage entre ses mains et ses yeux ne riaient plus.

— Il le faut, ajouta-t-il avec sérieux. Nous sommes destinés l'un à l'autre.

Elle hocha lentement la tête.

— Oui, nous sommes destinés l'un à l'autre.

Mais que se passerait-il lorsqu'il découvrirait à quel point ils l'étaient ?

8.

Tianna savait qu'il était temps pour Garth de connaître sa véritable identité. Elle se demandait comment il réagirait lorsqu'elle lui avouerait la vérité. Bien sûr, il serait contrarié, n'importe qui le serait à sa place. Mais peut-être serait-il également amusé de découvrir que l'union prévue par leurs familles quand ils étaient enfants se réalisait envers et contre tout.

Se marieraient-ils ? Elle n'en avait aucune idée. En tout cas, il devenait urgent de le mettre au courant des faits afin qu'il considère une telle éventualité.

Lorsqu'elle trouva enfin le courage de lui parler, elle se rendit à la bibliothèque dans l'espoir de l'y trouver en train de travailler. Mais la pièce était vide. Etonnée, elle se dirigeait vers la cuisine quand elle le vit se hâtant dans le corridor.

Son visage était gris et son regard chargé d'orage. Lui prenant les mains, il les serra contre lui.

— Marco et moi partons immédiatement pour Los Angeles, lui expliqua-t-il. Un hélicoptère vient d'atterrir pour nous permettre d'atteindre plus vite l'aéroport.

— Garth, que se passe-t-il ?

— Ma sœur Kari vient de se faire kidnapper. Je n'ai pas le temps de te donner les détails. Mais…

Les yeux dans les siens, il l'étreignit étroitement contre lui.

117

— Mais promets-moi que Marika et toi serez là à mon retour.

Surprise qu'il puisse en douter, elle le dévisagea.

— Bien sûr, nous ne bougerons pas d'ici, je te le jure.

Il effleura ses lèvres.

— Tu restes un mystère pour moi, Tianna. Tu es venue de nulle part et tu as tout changé. Et si tu disparaissais, si tu t'évanouissais dans la nature, je ne saurais même pas où te chercher...

Sans comprendre pourquoi, elle sentit des larmes brûler ses paupières.

— Je serai là, lui promit-elle. Je t'attendrai.

Il l'embrassa de nouveau et sortit sans un regard en arrière. Elle courut jusqu'à la fenêtre pour le voir s'engouffrer avec Marco dans l'hélicoptère. Soudain, elle reconnut l'homme qui les accompagnait et sursauta. Il s'agissait de Janus qui semblait l'éviter. Ainsi, il partait avec eux.

— Janus ! cria-t-elle, même s'il ne pouvait l'entendre. Revenez ! Dites-moi ce que vous avez découvert !

Bien sûr, elle n'obtint aucune réponse. En tout cas, il n'allait certainement pas poursuivre ses recherches à Los Angeles. Furieuse mais impuissante, elle regarda l'appareil s'élever dans les airs et s'éloigner vers l'aéroport. De tout son cœur, elle espérait que Kari serait retrouvée saine et sauve. Mais elle ne parvenait pas à s'empêcher de penser à Janus et à son étrange comportement.

Une heure plus tard, Marika dormait et Tianna prit sa décision. Comme Janus ne paraissait pas se préoccuper sérieusement de retrouver la mère de l'enfant, elle se chargerait elle-même de l'enquête. Mais par où commencer ?

Janus avait-il interrogé les médecins de la ville ? Avait-il contacté les hôpitaux et les maternités de la région ? Avait-il consulté les registres pour voir quelles petites filles étaient nées il y a quatre mois en Arizona ? Elle ignorait tout de ses investigations.

Pourquoi ne pas commencer par le commencement ? se dit-elle. La cuisinière ne lui avait-elle pas expliqué que, lorsqu'on lui adressait un enfant, l'orphelinat menait ses propres recherches pour l'identifier et, le plus souvent, avec succès ? Pourquoi ne pas le joindre et lui demander des renseignements sur la manière de s'y prendre ? Peut-être lui donnerait-on les coordonnées d'un détective privé spécialisé dans ce genre de travail.

Après avoir consulté l'annuaire, elle composa le numéro. Malheureusement, la directrice de l'orphelinat était sortie et ne reviendrait pas avant la fin de la journée. La réceptionniste qui prit l'appel ne paraissait pas très futée et Tianna préféra ne pas lui raconter toute l'histoire. Il lui fallait donc attendre.

Elle passa la journée à s'occuper de Marika et à s'inquiéter du sort de la princesse Karina. En fin d'après-midi, elle appela sa sœur pour la mettre au courant des événements. Janni fut catastrophée d'apprendre l'enlèvement de la princesse. Mais de son côté, elle avait d'autres mauvaises nouvelles à lui transmettre.

— Père veut te parler, Tianna. Je lui ai raconté que tu n'étais pas facilement joignable mais cette réponse ne va pas le satisfaire très longtemps.

— Qu'a-t-il à me dire ?

— Je n'en sais rien, c'est bien le problème. Ces temps derniers, il a reçu et passé de nombreux coups de fil et s'isole sans cesse avec mère pour de longs conciliabules. Bien sûr, ils ne m'ont pas invitée à prendre part à leurs discussions, vu que je suis considérée comme le mouton noir de la famille. Ou plutôt la brebis galeuse.

— Janni !

— Désolée. Bref, ils ne m'ont pas mise dans leurs confidences. Seule certitude : père tient à s'entretenir avec toi sans délai. Je crois que tu ferais mieux de l'appeler.

Tianna soupira. Ce n'était vraiment pas le moment !

— Je m'en occuperai demain, promit-elle à sa sœur avant de raccrocher.

Puis elle descendit rejoindre les autres et partager avec eux ses angoisses. Cook, Milla et le reste du personnel se tordaient les mains en tournant autour du téléphone dans l'espoir d'apprendre du nouveau. Manifestement, tous aimaient beaucoup la princesse.

— Pourvu que les journaux n'ébruitent pas les événements, dit Cook avec un soupir.

Tianna hocha la tête, la comprenant.

— La famille royale de Nabotavia a toujours su se protéger des tabloïds et des journalistes de tout poil.

— Ils refusent de nourrir les papiers à scandales. C'est tellement navrant.

— Mais il est difficile d'empêcher la presse d'évoquer un enlèvement, remarqua Tianna. Attendons de voir.

Enfin, le téléphone se mit à sonner et Cook prit l'appel.

— La princesse est saine et sauve ! hurla-t-elle. Alléluia !

Des cris de joie emplirent la maisonnée.

— Le prince Garth souhaiterait vous parler, ajouta la cuisinière en tendant l'appareil à Tianna. Vous autres, remettez-vous au travail !

La jeune femme se sentit rougir comme une pivoine en constatant que tous les domestiques la dévisageaient avec curiosité.

— Allô, Tianna ?

La voix profonde du prince la fit vibrer des pieds à la tête.

— Je voulais juste te dire que Kari va bien.

Brièvement, il lui résuma les événements. Karina s'était fait enlever par un groupe de rebelles alliés aux December Radicals, mais le responsable de la sécurité du domaine, Jack Santini, l'avait arrachée des mains de ses ravisseurs au moment où ils s'apprêtaient à s'envoler avec elle.

— Et maintenant, crois-le ou non, j'ai bien l'impression que ces deux-là ne vont pas tarder à se marier.

— La princesse et son garde du corps ?

— Il est devenu sir Jack Santini ! Marco l'a élevé au grade de chevalier de la Couronne. Je te raconterai le reste demain, à mon retour.

— Bien.

— Tu me manques.

Elle jeta un coup d'œil autour d'elle. Tout le monde était affairé et personne ne semblait prêter attention à la conversation.

— Toi aussi, murmura-t-elle.

Ce n'est qu'après avoir raccroché qu'elle se rendit compte qu'elle ne lui avait pas parlé de Janus. Tant pis, il serait toujours temps de le faire le lendemain, lorsqu'ils seraient tous revenus. Elle se demandait — et cette idée la rendait folle — si Janus n'avait pas volontairement saboté ses recherches sur la mère de Marika. Elle n'en avait aucune preuve. Mais elle commençait à s'interroger.

Le lendemain matin, ses soupçons devinrent plus nombreux encore. Après avoir nourri et changé Marika, elle la confia à Bridget pour téléphoner tranquillement à l'orphelinat.

— Je m'appelle Tianna Rose, dit-elle dès qu'elle eut la directrice à l'appareil. A ce que j'ai compris, vous êtes actuellement confrontés à une épidémie de varicelle et…

— J'ignore qui vous a donné cette information mais elle est fausse, l'interrompit son interlocutrice. Nous n'avons recensé aucun cas de cette maladie depuis des années.

Tianna en resta bouche bée. Comme c'était étrange !

— Vous êtes donc en mesure d'accueillir de nouveaux bébés ?

— Bien sûr. Nous n'avons aucune restriction.

— Je vois, dit-elle lentement. Bien, merci beaucoup.

Abasourdie, elle ne lui demanda pas les renseignements qu'elle comptait solliciter au départ. Il lui fallait d'abord digérer ces révélations et creuser cette sombre histoire. Elle tenta de se remémorer ce qui s'était passé le jour de son arrivée. Cook avait prié Milla de contacter l'orphelinat et cette dernière était revenue, affirmant que l'établissement était en quarantaine sanitaire et ne pouvait pas accepter l'enfant avant plusieurs jours. Milla avait-elle donc menti ? Pourquoi ?

D'un air décidé, elle descendit dans la cuisine.

— Milla, dit-elle en s'efforçant de rester calme. Puis-je vous parler un instant ?

— Bien sûr, mademoiselle.

Avec un sourire confiant, la jeune servante s'approcha.

— En quoi puis-je vous être utile ?

— Pourriez-vous m'expliquer pourquoi vous avez prétendu que l'orphelinat subissait une épidémie de varicelle ? Je viens de les joindre. Tous leurs petits pensionnaires sont en parfaite santé.

Milla parut sidérée.

— Je ne comprends pas ! Je ne les ai pas appelés en personne. Au moment où je m'apprêtais à composer leur numéro, M. Janus m'a dit qu'il s'en chargeait puis il est revenu m'apprendre qu'ils avaient tous cette maladie.

A ces mots, Tianna manqua de tomber à la renverse.

— Vraiment ?

— Oui, mademoiselle, insista Milla, hochant la tête avec énergie. Je suis sous ses ordres, vous savez. Je n'ai pas le droit de les discuter.

— Bien sûr.

Accablée, Tianna ferma un instant les paupières. Janus, de nouveau Janus. Pourquoi avait-il inventé cette histoire ? Quel était son intérêt dans cette affaire ? Elle devait y réfléchir.

La journée s'étira comme si elle ne voulait plus finir. La jeune femme pensa appeler son père mais y renonça. Si elle l'avait au bout du fil, il lui faudrait lui mentir. Et malgré la situation folle qu'elle vivait au château, elle détestait y être obligée.

Bien sûr, songea-t-elle, il ne s'agissait pas vraiment d'un mensonge. Elle avait laissé des gens croire des choses qui n'étaient pas tout à fait vraies. « Ce qui ne vaut pas mieux, Tianna », lui aurait dit sa mère. Et elle savait que cette dernière aurait eu raison.

Oui, il était grand temps de rétablir la vérité. Elle ne devait plus attendre pour dire au prince qui elle était réellement. Soudain, elle avait hâte de lui parler. Elle ne parvenait pas à comprendre pourquoi elle avait tergiversé si longtemps. Il lui fallait absolument clarifier la situation.

Enfin, elle entendit une limousine se garer devant le perron. Elle hésita à courir à la rencontre de Garth pour l'accueillir avec chaleur mais se ravisa, préférant le voir seule à seul. Mais comme elle n'y tenait plus, elle descendit dans la cuisine.

— Savez-vous la nouvelle ? lui lança Bridget quand elle passa la porte. Il va y avoir un mariage !

— Un mariage ?

— Comme si nous n'avions pas déjà du travail par-dessus la tête ! s'écria Cook. Et maintenant, on nous apprend qu'une noce va être célébrée dans moins d'une semaine ! Comment vais-je m'en sortir pour préparer une réception en si peu de temps ? Ils vont finir par me rendre folle !

— Qui se marie ? s'enquit Tianna, éberluée.

— La princesse Karina ! Elle veut épouser son fiancé avant que la presse ne s'empare du scoop. Mais c'est impossible, impossible !

Pour ne pas les gêner dans leur travail, Tianna quitta la pièce. Et tomba sur Garth dans le couloir.

— Ah te voici ! s'exclama-t-il.

Il prit Marika dans ses bras en dévorant Tianna des yeux.

— Bonjour, répondit-elle avec chaleur.

Elle mourait d'envie d'un baiser mais elle savait que l'embrasser dans le corridor serait trop dangereux.

— J'ai entendu dire qu'un mariage se préparait.

— Oui, un très petit mariage, il n'y aura que la famille proche. Nous voulons éviter que les tabloïds aient vent de l'affaire. Ils sont déjà tous amassés autour du château de Beverly Hills, dans l'espoir d'obtenir les détails du kidnapping.

Il caressa la tête de Marika tendrement.

— Tu es très belle, ajouta-t-il doucement.

D'un air joyeux, elle lui sourit puis se souvint qu'elle avait d'importantes choses à lui apprendre.

— Où est Janus ? J'ai besoin de lui parler.

— Il est resté là-bas pour aider Karina à préparer ses bagages.

— Oh, non !

En quelques mots, elle lui expliqua pourquoi elle craignait que Janus ait volontairement saboté l'enquête concernant la mère de Marika.

Le prince parut ennuyé de ces révélations, et surtout sceptique.

124

— Tianna, cela n'a aucun sens ! Quel intérêt aurait-il à vouloir garder cette enfant ici plutôt qu'à la mettre dans un orphelinat ? Pourquoi s'en soucierait-il ?

— Justement, je n'en sais rien. Je ne comprends pas pourquoi il a agi ainsi.

Les sourcils froncés, le prince secoua la tête.

— Ecoute, Tianna. Janus a été un père pour moi. Il est encore un des êtres dont je me sens le plus proche. Pour mettre en doute sa parole, il me faudra des preuves en béton. Pour le moment, je suis incapable de le suspecter de m'avoir dissimulé quoi que ce soit. Je lui fais entièrement confiance.

Il avait du mal à admettre la fourberie de son valet. Elle aussi en avait été stupéfaite. Pourtant, elle n'éprouvait aucun attachement pour cet homme.

— Pas plus que toi je ne cherche à le condamner ni même à l'accuser, Garth. Mais j'aimerais des réponses à mes questions.

— Nous en discuterons avec lui à son retour.

Puis il s'apprêta à tourner les talons, car il avait du travail.

— Garth, lui dit-elle en posant la main sur son bras. Pourrais-tu m'accorder un petit moment ? J'ai quelque chose à te dire.

— A me dire ? N'avons-nous pas mieux à faire ? répondit-il en souriant.

— Je suis sérieuse, je dois te parler.

— De Marika ?

— Non, de moi.

Il parut déconcerté.

— Pourquoi ne pas m'en toucher un mot maintenant ?

Elle prit une profonde inspiration.

— J'ai besoin d'un peu de temps. Et d'intimité.

125

— Très bien. Mais nous attendons un visiteur. Je serai coincé avec lui tout l'après-midi et au-delà… Je te retrouverai plus tard dans la soirée, d'accord ?

— D'accord. Je suis heureuse que tu sois de retour, ajouta-t-elle tandis qu'il s'éloignait.

Il lui sourit.

— Moi aussi.

Une heure plus tard, Tianna sut que l'hôte mystérieux de Garth était arrivé et se demanda de qui il s'agissait. Elle interrogea les domestiques, mais tous restèrent très vagues sur le sujet, ce qui piqua un peu plus son intérêt. Comme elle s'ennuyait — Marika dormait et elle n'avait pas grand-chose à faire —, elle décida de passer devant le bureau pour tenter de deviner ce qui s'y tramait.

Curieusement, des éclats de voix s'élevaient derrière la porte. Elle tendit l'oreille. Manifestement, Garth et son invité avaient une violente discussion. La voix de ce dernier lui sembla étrangement familière, mais elle ne put l'identifier tout d'abord. Soudain, elle crut entendre prononcer son nom. Sa curiosité était à son comble, elle mourait d'envie de comprendre pourquoi elle était l'objet du débat.

Entrouvrant la porte, elle risqua un œil à l'intérieur et blêmit. En effet, dans la pièce, elle découvrit le prince Marco, Garth et un homme qui n'était autre que… son propre père !

Il leva la tête et l'aperçut.

— Katianna ! s'écria-t-il, écarlate. Que fais-tu ici ?

— Euh… Bonjour, père, balbutia-t-elle, tentant désespérément de sourire.

A son tour, Garth dévisagea Tianna puis son hôte.

— Que cela signifie-t-il ?

Mais Trandem Roseanova-Krimorova ne lui prêtait aucune attention. Il était trop en colère contre sa fille.

— Ainsi, tu conspires dans mon dos ! rugit-il. Katianna, qu'as-tu fait pour convaincre le prince de rompre votre promesse de mariage ?

Livide, Tianna se tourna vers Garth.

— Qui diable es-tu ? demanda celui-ci, les yeux furibonds.

A son ton furieux, elle frissonna.

— Je suis Katianna, princesse de l'ouest de Nabotavia, ta promise officielle. Voilà ce que j'avais l'intention de te dire ce soir.

Il secoua la tête, comme s'il n'arrivait pas à croire qu'il se soit fait berner si longtemps.

— Tu m'as menti ! Tu t'es jouée de moi !

— Non !

Mais la fureur du père de Tianna n'avait plus de limites, et, au milieu de ses hurlements, la jeune femme ne parvenait pas à s'expliquer.

— Père, cesse de crier et explique-moi ce que tu fais ici.

— Je suis venu empêcher un désastre, éviter à la famille d'être définitivement scindée en deux, voilà pourquoi je suis ici ! Mon avocat m'a appris que le prince remettait en cause ses engagements, aussi ai-je décidé de venir discuter avec lui d'homme à homme. Et qu'est-ce que j'apprends ? Tu es impliquée dans cette histoire, toi, ma propre fille !

— Euh…

— Il n'est pas question de rompre cette promesse de mariage ! Il s'agit d'un accord, conclu il y a bien longtemps entre le roi Marcovo et moi, destiné à réconcilier les deux branches des Roseanova. Notre pays a besoin d'unir ses forces pour se reconstruire. Vos préoccupations égoïstes sont hors de propos. Vous ferez votre devoir et vous marierez pour le bien de la patrie, je serai intraitable sur ce sujet.

Satisfait de s'être montré intransigeant avec sa fille, il se tourna vers les princes.

— Avec votre arrogance habituelle, vous pensez peut-être pouvoir nous traiter par-dessus la jambe et nous dicter vos lois. Mais je ne me laisserai pas faire.

Il releva fièrement la tête.

— Je ne suis peut-être pas le meilleur monarque du monde, mais je pourrai me vanter d'avoir réuni la famille pendant mon règne. Vous épouserez ma fille, prince Garth, il n'y a pas à en discuter. Il est temps à présent de fixer une date.

Même si son père continuait à grommeler, Tianna devinait que son explosion de colère était passée et elle n'écoutait plus que d'une oreille distraite son monologue. Toute son attention se portait sur Garth. Elle voulait lui faire comprendre la situation, mais, à l'expression peinte sur son visage, elle sentait qu'elle n'y parviendrait pas facilement.

Ce ne fut qu'une heure plus tard que les esprits cessèrent de s'échauffer et que Garth et Tianna eurent l'occasion de s'entretenir en tête à tête. Ils se retrouvèrent dans la bibliothèque. Comme elle s'avançait d'un pas hésitant vers lui, elle se rendit très vite compte que les yeux de Garth avaient perdu leur lueur chaleureuse. Si seulement elle parvenait à lui expliquer comment elle s'était retrouvée emmêlée dans ses mensonges sans l'avoir vraiment cherché !

— J'ai vraiment le sentiment de m'être fait duper comme le dernier des imbéciles, commença-t-il d'une voix dure.

Avec désespoir, elle secoua la tête.

— Je suis désolée, vraiment désolée.

— Quel intérêt avais-tu à me mentir ?

128

— Je ne t'ai pas réellement menti. Je voulais juste…

— Tu t'es jouée de moi, de nous !

— Oh, non !

— Alors pourquoi ? Pourquoi es-tu venue ici ?

Elle le regarda droit dans les yeux, espérant de tout son cœur réussir à le convaincre de sa bonne foi.

— Pour te persuader de rompre nos fiançailles.

Il la dévisagea un long moment avant de se mettre à rire.

— Cette histoire n'a aucun sens !

— Ecoute-moi. Comme je te l'avais dit, mon souhait le plus cher était de travailler à New York et donc d'être libre. Je voulais savoir si l'idée d'épouser une inconnue t'emballait aussi peu que moi et si nous ne pourrions pas nous arranger pour annuler ce contrat.

— Si tel était ton objectif, tu as mis bien du temps à le dévoiler et tu t'y es prise d'une bien curieuse façon. Désolé, princesse. Je n'y crois pas. Je ne sais pas pourquoi tu m'as fait marcher, mais je n'apprécie pas du tout cette trahison.

Il se dirigea vers la porte avant de faire volte-face.

— Tu étais la seule personne au monde en qui j'avais confiance, sur qui je pensais pouvoir compter, lui lança-t-il.

Puis il quitta la pièce.

Elle s'était doutée qu'il serait furieux d'apprendre la vérité mais elle ne s'attendait pas à une telle réaction. Pour la première fois, elle envisagea la possibilité qu'il ne lui pardonne jamais son erreur. Tout ce qui s'était passé entre eux serait alors relégué aux oubliettes, et, pour elle, une telle éventualité signifiait une fin plus terrible encore que la mort.

9.

L'histoire de la véritable identité de Tianna se répandit dans le château comme une traînée de poudre, et la jeune femme dut endurer les regards réprobateurs et les messes basses du personnel. Malgré l'insistance de Cook, elle refusa de s'installer dans une chambre plus luxueuse. Elle ne suivit pas non plus son père qui rentrait à Seattle. Se considérant comme la nounou de Marika, elle ne voulait pas l'abandonner tant que le sort du bébé ne serait pas réglé. Elle restait donc en Arizona. Son objectif prioritaire était de protéger la petite fille et il n'était pas question pour elle de se dérober à ce qu'elle estimait être son devoir.

Les jours suivants, elle se sentit pourtant très malheureuse. Les domestiques prenaient leurs distances avec elle, ne sachant plus comment la considérer ni la traiter. Le prince Marco se montrait froid et distant. Quant à Garth, il se comportait avec elle comme si elle était devenue invisible. Manifestement, il souffrait et était en colère contre elle. Comment aurait-elle pu le lui reprocher ? Mais il aurait dû la laisser s'expliquer et, jusqu'ici, il ne l'avait pas fait.

Par ailleurs, elle passait tout son temps libre à poursuivre ses recherches pour tenter de retrouver la mère de Marika. L'orphelinat lui donna les coordonnées d'un bon détective privé, mais il était absent toute la semaine et elle devait donc se débrouiller seule. Elle appela les hôpitaux, les cliniques et les cabinets médicaux mais personne ne se souvenait d'une mère célibataire ayant donné le jour quatre ou cinq mois plus tôt à une petite fille. Et, d'après ses interlocuteurs, personne n'avait téléphoné dernièrement pour les interroger à ce sujet. Contrairement à ce qu'il avait prétendu, Janus n'avait donc pas fait progresser l'enquête d'un iota.

Mais bientôt, Tianna fut happée par les préparatifs du mariage. Chargée du choix des bouquets qui orneraient les tables et la chapelle, elle s'occupa également de sélectionner le fleuriste qui les composerait.

« Un petit mariage », avait dit Garth.

Pourtant, plus de deux cents invités étaient attendus. Inutile de se demander pourquoi Cook frisait l'hystérie.

— Cela me tuera, gémissait cette dernière à longueur de journée tout en donnant des ordres aux servantes.

Ces mots frappèrent Tianna et lui parurent de mauvais augure. Décidément, tout allait mal.

Quelques jours avant la noce, la princesse Karina arriva. Elle reconnut immédiatement Tianna et l'embrassa avec chaleur. Elle ne parut pas s'étonner de sa présence ni de ses fonctions de nounou. Obnubilée par Jack Santini, son futur époux, elle ne prêtait guère attention au reste.

Malheureusement, Janus n'était pas revenu avec elle.

— Il avait des affaires à régler à Los Angeles et rentrera plus tard, expliqua Kari d'un air aérien.

Tianna en fut désappointée. Mais très vite, les deux jeunes femmes sympathisèrent et Tianna aida sa compagne à préparer la cérémonie, à choisir sa robe, un voile, la pièce montée…

— Comme tu es gentille de me conseiller ! s'exclama Kari. J'espère que tu me laisseras te rendre les mêmes services le jour où tu épouseras Garth.

Tianna murmura une réponse polie, mais, au fond d'elle-même, elle était persuadée qu'elle ne se marierait jamais avec le prince. Pourquoi en était-elle accablée ? Où étaient passés ses rêves de photographe entamant une brillante carrière ? Pourquoi ce projet ne l'excitait-il plus du tout ?

« Parce que tu es tombée amoureuse… »

Peut-être devait-elle tenter de changer la donne.

A une ou deux reprises, Garth lui avait adressé la parole mais, à chaque fois, ces échanges avaient été brefs et chargés d'hostilité. Elle avait essayé de lui expliquer pourquoi le fait d'avoir trouvé le bébé l'avait poussée à se prétendre quelqu'un d'autre. Elle évoqua ses souvenirs d'enfance.

— Je me suis rappelé la peur que j'ai éprouvée, petite fille, et quand j'ai vu Marika, je l'ai imaginée ballottée de droite à gauche à son tour, avec cette angoisse ancrée au cœur. J'ai eu de bons parents. Ils m'ont aidée à dépasser mes craintes. Mais elle, quel sort aurait-elle connu ? J'avais envie qu'elle grandisse dans un climat d'amour et de sécurité, comme tous les enfants devraient avoir. Et voilà pourquoi je n'ai pas révélé qui j'étais. Je pensais ainsi mieux protéger ses intérêts…

— Tu aurais quand même pu me dire la vérité, répliqua-t-il, buté. Je te faisais confiance…

La pensée de l'avoir déçu l'accablait. Chaque fois qu'il la regardait, elle avait l'impression de recevoir un coup de couteau dans le cœur.

— Pourquoi as-tu contacté mon père pour te désengager de ta promesse de m'épouser ? lui demanda-t-elle soudain.

Il la toisa froidement.

— Parce que j'étais tombé amoureux de toi, ou plutôt de Tianna Rose, la nounou de Marika. Alors je voulais être libre.

Lorsqu'elle l'entendit prononcer ces paroles, l'espoir la submergea un instant mais, très vite, elle se rendit compte qu'il ne servait à rien de rêver. Il parlait au passé. A présent, il ne ressentait que mépris et rejet pour celle qui l'avait trahi.

— Quelle ironie du sort ! Tu avais envie de rompre avec moi pour être libre de m'aimer…

Il ne parut pas trouver cette réflexion amusante.

Avec un soupir, elle poursuivit :

— Es-tu toujours décidé à annuler nos fiançailles ?

Il la fusilla d'un œil noir.

— Et toi ?

Elle le dévisagea sans répondre et la conversation en resta là.

La princesse Karina fut soudain traversée d'une idée lumineuse :

— J'aimerais que tu sois témoin à mon mariage, dit-elle sur une impulsion. T'avoir à mes côtés pendant la cérémonie me ferait très plaisir.

— J'en serais ravie, lui assura Tianna.

A présent, elle devait donc trouver une tenue pour faire honneur à Karina.

La princesse était plongée dans les préparatifs de la noce et nageait sur un petit nuage tant son bonheur était total, mais elle finit par se rendre compte que son frère et Tianna se battaient froid. Elle interrogea cette dernière qui lui raconta toute l'histoire et, mise en confiance, lui avoua à quel point elle était amoureuse de Garth.

Aussitôt, Kari alla trouver ce dernier, certaine de pouvoir régler le malentendu en un clin d'œil.

— Quel est le problème, Garth ? Pardonne-lui sa petite mascarade sans conséquence et épouse-la ! Vous en avez tous les deux tellement envie !

— Ne t'inquiète pas pour moi, Kari. Tout va bien.

— Si tu fais cette tête-là quand « tout va bien », je préfère ne pas t'imaginer quand tu estimeras que « tout va mal ». Tianna est très amoureuse de toi, tu sais.

— Et tu crois, ma pauvre chérie, que l'amour est la seule chose qui compte ?

— Je ne suis pas idiote, Garth. Beaucoup d'autres valeurs ont de l'importance dans l'existence. Mais l'amour est comme l'eau, indispensable à la vie. Et si tu as eu la chance de découvrir une source belle et pure, tu ferais mieux d'en boire, mon cher frère. Parce que tu n'en retrouveras sans doute pas de si tôt pour étancher ta soif.

La manière dont sa sœur se souciait de lui le toucha, mais il secoua la tête. Il aimait Tianna, il le savait. Mais désormais il ne pouvait plus lui faire confiance. Comment imaginer construire son existence entière avec une femme qui lui mentait ? Chaque fois qu'il la regarderait, il se souviendrait de sa trahison et, du même coup, de celles — beaucoup plus graves — dont il avait été victime, enfant, et des mensonges qui avaient causé la mort de ses parents.

Bien sûr, ces vieilles histoires n'avaient rien à voir avec Tianna, mais il ne parvenait pas à les oublier.

Si Garth fuyait à présent les tête-à-tête avec Tianna, il vint en revanche s'occuper de Marika chaque jour. La jeune femme en conclut qu'il commençait à accepter la petite comme sa propre fille et s'en réjouit. L'avenir de Marika semblait assuré.

Elle fut donc bouleversée en se rendant compte que la marque de naissance de Marika s'estompait. Elle crut d'abord qu'il s'agissait d'un tour de son imagination, mais après avoir donné le bain au bébé, elle s'aperçut que la petite rose était presque effacée. Le cœur battant, elle gratta doucement la poitrine de la fillette. L'enfant s'esclaffait, croyant à un nouveau jeu, mais Tianna n'était pas d'humeur à rire. Car la « marque de naissance » avait pratiquement disparu quand elle eut terminé…

Quelqu'un avait dessiné une rose sur Marika avec de l'encre indélébile, dans le but évident d'accréditer la thèse que Garth était le père de cette enfant.

Une demi-heure plus tard, quand le prince frappa à la porte pour sa visite quotidienne, Tianna lui montra aussitôt ce qu'elle avait découvert. Il regarda la petite fille d'un air éberlué avant de se tourner vers la jeune femme.

— Qui aurait fait ça ?

Visiblement, il pensait qu'elle en était l'auteur.

Allait-il la suspecter pour tout ? se demanda-t-elle, blessée au cœur. Si c'était le cas, elle préférait jeter l'éponge et renoncer à l'aimer, parce qu'elle refusait de vivre dans ce climat.

— Ce n'est pas moi, rétorqua-t-elle d'un ton ferme. Quel qu'en soit le coupable, il cherche évidemment à te faire assumer la paternité de Marika. Et la seule personne sur qui se posent tous les soupçons est… Janus.

— Janus ? C'est ridicule !

— Ne m'as-tu pas dit qu'il était peintre amateur ? Il a sans doute la capacité de réaliser une rose aussi ressemblante…

— Mais aucune raison de le faire…

Il secoua la tête, se pencha vers Marika et la recouvrit d'une couverture pour l'emporter avec lui.

— Demain, nous aurons les résultats ADN. Attendons-les avant de commencer à accuser n'importe qui.

Furieuse et inquiète, Tianna se demandait ce qu'il adviendrait de Marika s'il était prouvé qu'elle n'avait aucun lien génétique avec les Roseanova. Sans doute serait-elle envoyée à l'orphelinat.

Tianna refusait une telle éventualité. Mais que pouvait-elle faire pour l'en empêcher ?

« Trouve la mère de Marika », s'ordonna-t-elle.

Soudain, une idée la traversa. En rappelant à Garth les talents artistiques de Janus, elle s'était souvenue que ce dernier travaillait avec d'autres peintres à Sedona. Comme l'homme se comportait de façon étrange dans cette affaire, peut-être pourrait-elle appeler les médecins de la région et les interroger.

Le lendemain matin, après quelques coups de fil prometteurs, elle loua une voiture et se rendit au cabinet médical de Sedona.

— Je vois très bien de qui vous parlez, lui dit la secrétaire d'un air soucieux. Il s'agit de Danielle Palavo. C'était une de nos patientes et je me rappelle très bien de son accouchement. Donnez-moi un instant, que je retrouve le dossier. Nous devons avoir gardé une copie du certificat de naissance.

Lorsque la femme lui tendit le document, Tianna découvrit avec stupeur que la petite Marika était née dans un hôpital local et que ses parents étaient officiellement Danielle Palavo et… Garth Roseanova. Hébétée, elle en resta un instant sans voix.

— Avez-vous rencontré le père du bébé ? s'enquit-elle enfin.

— Je ne crois pas. Un homme accompagnait souvent la jeune mère : la quarantaine, grand, élégant, il paraissait très attentionné à son égard. Mais je n'ai jamais eu l'impression qu'il était son compagnon. Ils ne formaient pas un couple. A mon avis, il s'agissait plutôt d'un oncle ou d'un ami.

— Janus, murmura Tianna, certaine d'avoir deviné l'identité de cet inconnu. Avez-vous l'adresse de Danielle ?

La secrétaire hésita.

— Nous avons bien sûr ses coordonnées de l'époque mais je ne suis pas certaine d'avoir le droit de vous les communiquer. De toute manière…

Un peu ennuyée, elle se mordit la lèvre avant d'ajouter :

— La malheureuse est morte la semaine dernière. Sans doute l'ignoriez-vous.

Tianna s'agrippa au bureau.

— Morte ! Mon Dieu ! Oh, non !

D'un air désolé, la secrétaire hocha la tête.

— Elle avait le cœur faible et la grossesse puis l'accouchement ont sans doute précipité sa fin. Quelle tristesse pour son adorable bébé ! Le médecin la connaissait depuis toujours et ce fut un coup dur pour lui.

Tianna tenta de reprendre ses esprits.

— Pourrais-je lui parler ?

— Je suis navrée, il est en visite actuellement. Mais si vous me laissez vos coordonnées, il ne manquera pas de vous appeler.

A la vitesse de l'éclair, Tianna revint à Flagstaff. L'avenir de Marika s'assombrissait d'heure en heure. Et beaucoup de questions demeuraient sans réponses. Quel rôle avait joué Janus dans cette histoire ? Et pourquoi la petite fille avait-elle été déposée dans la cour du château ? Sans parler du nom de Garth inscrit sur le certificat de naissance.

A son retour, quand elle ouvrit la porte de la nurserie, Bridget lui cria :

— Mademoiselle, je veux dire, Votre Altesse, tout le monde vous attend dans la bibliothèque !

Les résultats des tests ADN.

Remerciant Bridget, elle prit une profonde inspiration, embrassa le bébé et descendit rejoindre les princes.

La réunion ne dura pas longtemps. Les conclusions étaient formelles. Il n'y avait aucun lien de parenté entre Marika et la famille Roseanova. Lorsque Marco fit la lecture du rapport médical, tous restèrent un moment silencieux.

Beaucoup de mystères avaient été éclaircis aujourd'hui, mais il subsistait des zones d'ombre. Pourquoi la malheureuse mère de Marika avait-elle désigné Garth comme géniteur de son enfant ? C'était incroyablement triste.

Un par un, les autres se levèrent et quittèrent la pièce : Marco d'abord, puis la princesse Karina et enfin le médecin qui avait apporté les résultats. Le prince Garth et Tianna se retrouvèrent seuls.

— Je pense que je te dois des excuses, Garth. J'ai eu tort de te soupçonner d'être le père de Marika et de t'ennuyer avec cette histoire.

— L'erreur était tout à fait compréhensible, dit-il.

Leurs regards se croisèrent. N'était-il pas en train de sourire ? Elle mourait d'envie de le voir lui sourire, d'un vrai sourire empreint d'humour et de tendresse.

— Peut-être ce papier t'intéressera-t-il, ajouta-t-elle en lui tendant le certificat de naissance. J'ai trouvé l'identité de la mère de Marika.

Garth se leva de sa chaise et vint s'asseoir sur le canapé, à côté d'elle.

— Vraiment ?

En quelques mots, elle lui raconta ce qu'elle avait découvert à Sedona. Il la dévisagea pendant qu'elle parlait, sans paraître étonné outre mesure par ces révélations. Lorsqu'elle se tut, il secoua la tête :

— Pauvre bébé. Quel mauvais départ dans l'existence !

Sa première pensée allait à Marika et Tianna en fut réconfortée.

— Je suis persuadée que l'homme à qui la secrétaire faisait allusion était Janus.

— En effet.

Interloquée, elle écarquilla les yeux.

— Comment le sais-tu ?

— J'ai eu une longue conversation avec lui ce matin pendant ton absence.

— Il est revenu ?

— Oui, et je l'ai surpris se glissant dans la nurserie avec ses pinceaux dans le but manifeste de rafraîchir la soi-disant marque de naissance.

— Non ! C'était donc également lui le responsable de…

— Oui, répondit-il, le regard hanté. Il s'est effondré, je ne l'avais jamais vu ainsi auparavant. Dire que je pensais le connaître comme un autre moi-même…

Elle lui prit la main. Elle aimait tant mêler ses doigts aux siens. Mais en l'occurrence, elle ne cherchait qu'à le réconforter.

— Il m'a parlé de Danielle, elle travaillait au château à une époque, comme plongeuse. Je me souviens vaguement d'elle. D'après Janus, c'était une femme adorable mais terriblement vulnérable, et il est tombé amoureux d'elle. Mais elle ne l'a jamais considéré autrement que comme un ami, ajouta-t-il très vite. Ils n'ont eu que des relations platoniques. Comme elle n'avait aucune famille pour l'aider, il l'a prise sous son aile et lui rendait souvent visite à Sedona. Il paraît qu'elle avait le béguin pour moi et a imaginé une histoire amoureuse entre nous. Lorsqu'elle est tombée enceinte, elle s'est persuadée que j'étais le père de son enfant, même si c'était impossible. Je me trouvais alors à Nabotavia, Janus le savait.

— Etait-elle déséquilibrée mentalement ?

— Oui, c'est évident. En tout cas, Janus se sentait responsable de Marika mais ne pouvait se charger d'elle, aussi a-t-il décidé de me manipuler dans l'espoir que je l'adopterai.

— Pourquoi n'a-t-il pas simplement soulevé la question avec toi ?

— J'aimerais pouvoir vous répondre, princesse Katianna.

Reconnaissant la voix de Janus dans son dos, Tianna sursauta et se tourna vers lui. Il avait l'air brisé, coupable.

— Je ne sais pas ce qui m'a pris, j'ai perdu l'esprit, continuat-il. J'ai commis une grave erreur, elle est inexcusable. Je suis venu vous faire mes adieux.

Tianna regarda Garth. Il semblait tendu mais il ne souffla mot. Elle s'adressa alors à Janus.

— Expliquez-moi. La mère de Marika a-t-elle écrite ellemême la fameuse lettre ?

— Oui, parmi des milliers d'autres. Elle a vécu dans un rêve jusqu'à la fin.

— Pauvre femme.

— C'était une torture de la voir s'enfoncer dans ce délire. Elle m'a fait jurer de tout mettre en œuvre pour que Garth s'occupe de l'enfant. Bien sûr, je n'aurais jamais dû lui promettre une telle bêtise.

Il sourit à Tianna.

— Quand vous êtes arrivée et êtes tombée en arrêt devant la petite, je n'arrivais pas à croire à ma chance. Mon plan fonctionnait mieux que je ne l'avais espéré, comme si les dieux voulaient changer le destin de cette petite. C'était de la folie de la laisser dans la cour. Mais j'étais encore secoué par la mort de Danielle et lorsque je vous ai vue prendre le bébé dans vos bras — je surveillais d'une fenêtre les événements —, j'ai compris que tout irait bien. Et quand je vous ai reconnue, tout m'a paru parfait.

— Vous saviez qui j'étais ?

140

— Evidemment. Dès que je vous ai aperçue.

— Pourquoi ne m'en avez-vous rien dit ? s'enquit Garth.

— Je ne voulais pas interférer dans cette affaire, Votre Altesse.

— Bien sûr, jeta Garth d'une voix sarcastique. Où avais-je la tête ?

Tianna lui serra la main pour le calmer.

— Racontez-nous le reste, Janus. Je veux tout comprendre sur cette histoire.

Il leur expliqua comment il avait eu l'idée de fabriquer une marque de naissance en forme de rose, comme celle de Garth, comment il avait découvert de vieux vêtements de bébé dans le grenier avec lesquels il avait habillé l'enfant, et enfin comment il avait fait croire que l'orphelinat était confronté à une épidémie de varicelle.

— Je vous présente mes excuses pour tout le mal que je vous ai fait, dit-il humblement. Vous recevrez demain ma lettre de démission et je vous laisse mon adresse à Sedona au cas où vous souhaiteriez me poursuivre en justice.

— Ne soyez pas ridicule, Janus ! intervint Garth. Je ne veux pas que vous partiez.

— Mon départ vaudrait pourtant mieux, Votre Altesse. Si un jour vous décidiez que vous avez besoin de moi à vos côtés, je serais très heureux de reprendre mon poste. Mais réfléchissez bien à toutes les conséquences d'un tel choix. Pour vous faciliter les choses, je préfère vous dire adieu.

Il s'inclina et quitta la pièce. Garth et Tianna échangèrent un regard et, malgré tout ce qu'ils venaient de traverser, ils éclatèrent de rire. Cet homme avait vraiment un sens théâtral très développé.

— Il nous a sûrement entendus, parvint à dire Tianna entre deux hoquets.

— Il le mérite, c'est un manipulateur.

— Non, Garth. Il faut éprouver de la compassion pour lui. Il tentait de faire au mieux pour Marika.

— La compassion est un sentiment dangereux, répliqua-t-il. Elle te fait accepter des choses inacceptables.

Est-ce la raison pour laquelle tu ne peux pas me pardonner ?

Bien sûr, elle ne dit pas ces mots à voix haute, mais tenta de le faire avec les yeux. Au lieu de répondre, il l'attira à lui et l'embrassa avec passion.

Elle fondit et s'abandonna à ce baiser, à sa chaleur. Glissant une main derrière son cou, elle s'arqua sous ses caresses. Et Garth se rendit compte qu'il avait besoin d'elle, de prendre possession de son corps, de son cœur, de son âme. Il aimait cette femme, il la voulait à ses côtés pour la vie entière. Si seulement ses vieux démons acceptaient de le laisser en paix !

Comme il la pressait contre son cœur, des larmes brûlèrent les yeux de Tianna. Elle savait qu'il luttait contre lui-même. Il la désirait et, en même temps, quelque chose en lui la rejetait. Elle espérait que le bon côté l'emporterait.

— Que va devenir Marika ? demanda-t-elle soudain. Va-t-elle être envoyée à l'orphelinat ?

Sans répondre, il se leva, l'esprit manifestement tourmenté. Elle le regarda quitter la pièce et une vague de désespoir souleva sa poitrine. Si seulement elle avait su où la mèneraient ses mensonges… Si seulement elle pouvait revenir en arrière… Si seulement…

10.

Le jour de la noce arriva et le château se remplit de monde que Tianna n'avait jamais vu pour la plupart, même si elle avait reconnu un ou deux cousins éloignés.

Promenant les yeux autour d'elle, la jeune femme n'en revenait pas de la rapide métamorphose de l'endroit. Malgré le pessimisme de Cook, le personnel avait fait des miracles. De grandes draperies blanches ornaient l'escalier et les murs, des bouquets de lys embaumaient l'atmosphère et, dans le parc, des ballons étaient accrochés aux branches des arbres. Partout fleurissaient de longues roses rouges, symboles de l'amour et de la maison royale des Roseanova.

La cérémonie devait se dérouler à l'extérieur, sous une grande tonnelle couverte de rosiers grimpants. Des tables étaient installées dans la roseraie, et la vaisselle en porcelaine de Chine, les flûtes en cristal et les couverts en argent accentuaient le côté féerique de la fête à venir. Un petit orchestre était installé dans un coin et les musiciens accordaient leurs instruments.

Heureuse de participer à ce mariage qui promettait d'être magnifique, Tianna songeait pourtant avec un peu d'angoisse à la suite. A la fin de la journée, quand le dernier toast serait porté à la santé des mariés, que ferait-elle ?

143

Son avenir dépendait de la décision du prince à propos de Marika. Au début, il lui avait dit que l'enfant serait confiée à un orphelinat si elle n'était pas biologiquement la sienne. Etait-il toujours dans les mêmes dispositions d'esprit ? Il n'en avait pas reparlé. Après de longues réflexions, Tianna s'était résolue à adopter elle-même Marika. Elle se sentait incapable d'abandonner cette adorable petite fille à des mains inconnues.

Demain, elle quitterait le château. Il était grand temps pour elle de retourner à Seattle, de tenter de recoller les morceaux de sa vie et de continuer sa route. Laisser Garth derrière elle la déchirait, mais demeurer ici alors qu'il lui battait froid devenait insupportable. D'ailleurs, personne ne l'avait priée de rester.

Avec un dernier regard admiratif sur le parc, Tianna entra à l'intérieur pour se préparer.

Vêtue d'une longue robe rose à la fois sobre et élégante, Tianna se promenait dans le jardin, attendant le début de la cérémonie. Elle s'efforçait d'éviter les cousins qu'elle reconnaissait, et en particulier Cordelia qui, elle le savait, la cherchait dans l'espoir d'une longue conversation en tête à tête.

Soudain, elle croisa Marco qui lui sourit avec chaleur.

— Vous êtes très belle, princesse Katianna.

Elle se sentait effectivement très en beauté, ce soir. La coiffeuse avait fait des merveilles avec sa chevelure, un chignon de type moyenâgeux dont s'échappaient savamment de petites mèches folles. Tianna avait l'impression de sortir d'une gravure de conte de fées. Sa tenue lui allait à la perfection, moulait ses jambes minces et rehaussait sa poitrine.

— Merci, Votre Altesse. Vous êtes très gentil.

— Appelez-moi Marco. D'autant que vous allez bientôt devenir ma sœur.

— Vous croyez ?

Comme elle le dévisageait d'un air dubitatif, il prit son bras pour la conduire vers un banc où ils s'installèrent pour bavarder. Au loin, l'orchestre entamait une valse.

— Pourquoi en doutez-vous ? reprit Marco.

Elle haussa les épaules.

— J'ai l'impression que Garth m'en veut énormément. Je ne peux pas épouser quelqu'un dans cet état d'esprit.

Un long moment, Marco resta silencieux, le regard perdu vers le ciel. Puis il se tourna vers elle.

— Mon frère n'est pas toujours simple à comprendre. Mais vous trouverez sûrement le moyen de vous entendre avec lui.

Il lui sourit.

— Vous savez, de nous quatre, Garth a été le plus profondément traumatisé par ce qui s'est passé au moment de la révolution, par la mort de nos parents.

— Pourquoi ?

— A l'époque, il avait environ huit ans. C'était un enfant plein de vie et d'entrain. Il s'était lié d'amitié avec son professeur d'arts martiaux, Henrick. Ce dernier l'emmenait se balader à cheval, chasser, naviguer... Il le traitait en égal et lui donnait le sentiment d'être important. La nuit de l'exil, la ville était en flammes et nous nous étions cachés dans une cave, nous préparant à fuir le pays. Mais Henrick a profité de ses liens avec Garth pour lui faire dire où se trouvait notre cachette.

Marco haussa les épaules.

— Bien entendu, Garth ne pouvait pas se douter que Henrick s'était acoquiné avec les rebelles. Mais à cause de cela, notre père et notre mère ont été tués.

— Oh, non !

145

La main devant la bouche, Tianna ferma les yeux. Elle imaginait le petit Garth, comprenant que son erreur avait coûté la vie à ses parents. Aucun enfant ne pouvait assumer un tel fardeau. Elle eut envie de courir à sa recherche pour le réconforter, pour lui dire que ce n'était pas sa faute. Mais peut-être n'accepterait-il pas de paroles de sympathie de sa part, à présent.

— C'est terrible, murmura-t-elle.

— Voilà pourquoi il est désormais difficile à Garth d'accorder sa confiance à quelqu'un et pourquoi il a très mal vécu votre mascarade, qu'il a interprétée comme une trahison.

Prenant sa main, il la porta à ses lèvres.

— Mais Garth est avant tout un homme de grande valeur, un compagnon dont la fidélité et le dévouement ne sont jamais pris en défaut.

Lorsqu'il s'en alla, Tianna resta assise, réfléchissant à ce qu'il venait de lui raconter. Ce récit éclairait la manière dont Garth avait réagi en apprenant la vérité. Mais elle n'était pas certaine que comprendre ses motifs suffirait à changer la façon d'agir ou les sentiments du prince à son égard.

La cérémonie fut magnifique. Dans sa longue robe virginale, la princesse Karina était absolument ravissante et, à son bras, Jack Santini irradiait de bonheur.

Aux côtés des mariés se tenaient Tianna, Marco et Garth, leurs témoins. Vêtu de l'uniforme militaire des Nabotaviens, blanc avec des épaulettes dorées, de nombreuses décorations sur la poitrine, Garth était beau à couper le souffle.

Le prêtre répétait les paroles habituelles d'engagement et de fidélité quand le regard de Tianna croisa celui de Garth. Ni l'un ni l'autre ne détourna la tête. Ils auraient pu être seuls sous la tonnelle. Pendant quelques instants, ils se noyèrent dans les yeux l'un de l'autre et le temps fut suspendu. Tout l'amour, tout le désir qu'elle éprouvait pour lui brillaient dans les prunelles émeraude de Tianna, mêlés à une insondable tristesse.

Puis le charme fut rompu. Elle battit des paupières et ce fut comme si ce moment n'avait jamais existé. La messe s'acheva, Jack embrassa sa femme et l'assemblée se mit à applaudir. Tianna prit une profonde inspiration. Si seulement…

Les gens s'approchaient pour féliciter les mariés. Happée par le tourbillon, Tianna rit, fut embrassée et répondit à des centaines de questions mais son esprit était toujours avec Garth.

Soudain, elle vit Bridget sortir de la maison, Marika dans les bras, et s'approcher de Garth qui tendit les mains pour s'emparer du bébé.

— Elle s'appelle Marika, disait-il en souriant à Cordelia qui les regardait d'un air pincé. Comme ma mère.

Un murmure traversa l'assistance.

— Prince Garth, s'enquit une femme. Cette enfant est-elle donc la vôtre ?

Tianna retint son souffle. Tout à coup, Garth leva la tête et la regarda.

— Oui, déclara-t-il à voix haute. Marika est ma fille.

A ces mots, Tianna se détourna. Elle tremblait de tous ses membres. Quelqu'un lui adressa la parole mais elle était trop émue pour pouvoir répondre. Rapidement, elle s'éloigna. Marchant droit devant elle, elle s'aperçut qu'elle se dirigeait inconsciemment vers le petit kiosque où elle avait rencontré Garth la première fois, le jour de son arrivée, une semaine plus tôt. Tant d'événements s'étaient succédé depuis lors qu'elle avait l'impression de vivre depuis des mois dans ce domaine. Parvenue au belvédère, elle mesura à quel point elle avait changé en huit jours.

Se laissant choir dans un fauteuil, elle ferma les paupières. Demain, elle partirait. Mais au moins, Marika était entre de bonnes mains et la jeune femme en était profondément soulagée.

Elle entendit quelqu'un approcher et ouvrit les yeux. Elle ne fut pas réellement surprise de découvrir Garth, mais son cœur commença à battre à grands coups.

Grand et beau, il s'avança dans le kiosque.

— Nous retrouver ici devient une habitude, dit-il doucement, le visage impénétrable.

Elle lui sourit.

— Je vais vite la perdre, répondit-elle. Dans quelques heures, je partirai.

Comme il restait silencieux, elle poursuivit :

— Je veux te dire à quel point je suis heureuse que tu acceptes Marika comme ta fille. J'étais prête à l'adopter si tu ne m'avais pas devancée.

Il la dévisagea attentivement.

— Vraiment ? Mais que serait alors devenue ta carrière de photographe ?

— Je n'y aurais pas renoncé, pas entièrement.

— Tant mieux, dit-il fermement. J'espère que tu réfléchiras à ma proposition de prendre en charge la documentation de notre retour à Nabotavia. Il nous faudra un photographe officiel, tu sais.

A cette idée, son cœur bondit dans sa poitrine. Quel travail passionnant en perspective ! Et qui lui permettrait de rester proche de la famille royale et de Marika… mais elle secoua la tête.

— Je ne vois pas très bien comment je pourrais assumer ces fonctions, reconnut-elle tristement.

148

— Cela ne te prendrait pas tout ton temps, lui dit-il comme s'il pensait que c'était son sujet d'inquiétude. Tu auras d'autres priorités, je le sais…

Elle fronça les sourcils, se demandant pourquoi elle avait l'impression qu'une lueur moqueuse brillait dans ses yeux.

— Comment cela ?

Il haussa les épaules d'un air désinvolte.

— Marika va avoir besoin d'une mère.

A ces mots, elle retint son souffle.

— Oui, cela vaudrait sans doute mieux.

— Toi et moi pourrions nous marier…

Elle crut que son cœur s'arrêtait de battre mais elle ne voulait pas laisser exploser sa joie.

— Tu veux dire que tu aimerais m'employer comme nounou permanente ?

Il esquissa un sourire.

— En fait, je pensais te voir endosser un rôle plus complet.

— Vraiment ?

Prenant sa main, il l'obligea à se mettre sur pied et la pressa contre lui, le visage enfoui dans ses cheveux.

— Je suis fou de toi, Tianna. Ne le comprends-tu pas ?

Elle secoua la tête, les larmes brûlaient ses paupières.

— Non, c'est impossible.

Il déposa sur ses traits une pluie de petits baisers.

— Tout à l'heure, pendant la cérémonie, je t'ai regardée. A la bonté et à l'honnêteté qui brillaient dans tes yeux, j'ai compris que je m'étais fourvoyé. Il m'a fallu quelques jours pour retrouver mon bon sens. Peux-tu me pardonner ?

— Je ne sais pas, dit-elle en riant. La compassion est un sentiment dangereux, c'est toi qui me l'as appris.

— Je ne te demande pas de compassion, dit-il d'une voix rauque. Mais de la passion.

— Alors tu n'as pas à t'inquiéter, beau prince. Tu n'en manqueras pas.

Comme il s'emparait de ses lèvres, elle s'accrocha à lui, ivre de bonheur, et ils s'embrassèrent avec fougue. Mais des cris au loin finirent par attirer leur attention. Ils regardèrent vers le château, tendant le cou pour découvrir ce qui provoquait cette agitation.

— Oh, non ! s'écria Tianna. Regarde ! Les vaches se sont de nouveau échappées ! Elles se dirigent droit vers la noce !

— Est-ce un souci ?

Surprise par sa réaction, elle leva les yeux vers lui.

— Et Marika ?

— Bridget s'en occupe. Elle l'a rentrée à l'intérieur.

— Tant mieux.

Elle se tourna vers l'endroit où se tenait la réception. Les invités couraient partout, des tables étaient renversées. Mais les trois vaches continuaient tranquillement leur progression, sans paraître remarquer le désordre qu'elles provoquaient.

— Nous ne pouvons pas rester ici les bras ballants ! s'écria Tianna.

Il resserra son emprise.

— Tu crois ? Laissons le chaos s'installer. Nous avons mieux à faire.

Elle le dévisagea d'un air incertain.

— Mais…

Il reprit sa bouche.

— Nous avons beaucoup de baisers en retard. Il nous faut rattraper le temps perdu.

— C'est vrai.

Et avec un soupir de bonheur, elle s'abandonna dans ses bras.

Chère lectrice,

Vous nous êtes fidèle depuis longtemps?
Vous venez de faire notre connaissance?

C'est pour votre plaisir que nous avons
imaginé un rendez-vous chaque mois
avec vos auteurs préférés, vos
AUTEURS VEDETTE dans les
collections Azur et Horizon.

Les **AUTEURS VEDETTE** vous
donneront rendez-vous pour de
nouveaux livres vedette.

Pour les reconnaître, cherchez
l'étoile... Elle vous guidera!

Éditions Harlequin

AUT-R-R

HARLEQUIN

COLLECTION
ROUGE PASSION

- Des héroïnes émancipées.
- Des héros qui savent aimer.
- Des situations modernes et réalistes.
- Des histoires d'amour sensuelles et provocantes.

LAISSEZ-VOUS TENTER
par 3 titres irrésistibles
chaque mois.

69 L'ASTROLOGIE EN DIRECT
TOUT AU LONG
DE L'ANNÉE.

(France métropolitaine uniquement)
Par téléphone 08.92.68.41.01
0,34 € la minute (Serveur SCESI).

Composé et édité par les
*éditions*Harlequin
Achevé d'imprimer en juillet 2005

BUSSIÈRE
GROUPE CPI

à Saint-Amand-Montrond (Cher)
Dépôt légal : août 2005
N° d'imprimeur : 51768 — N° d'éditeur : 11508

Imprimé en France